T R A N Z L A T Y

Language is for everyone

ربان برای همه اس

The Call of Cthulhu

ندای کولو

H.P. Lovecraft

اچ. پی. لاوکرفت

English

فارسی

www.tranzlaty.com

The Horror Made of Clay
وحشت ساخته شده از خاک رس

There is one thing I find particularly merciful.
یک چیز هست که من به طور خاص آن را رحمت‌آمیز می‌دانم

The inability of the human mind to correlate events.
ناتوانی ذهن انسان در ربط دادن رویدادها به یکدیگر

It's a blessing that we can't understand the world.
این یک نعمت است که ما نمی‌توانیم جهان را درک کنیم

We live blissfully on a placid island of ignorance.
ما با سعادت در جزیره‌ای آرام از جهل زندگی می‌کنیم

An island in the midst of black seas of infinity.
جزیره‌ای در میان دریاهای سیاه بی‌کران

And it was not meant that we should voyage far.
و قرار نبود که ما به دوردست‌ها سفر کنیم

The sciences each strain in their own directions.
هر یک از علوم در جهت خاص خود حرکت می‌کند

But hitherto science's findings have harmed us little.
اما تاکنون یافته‌های علم آسیب چندانی به ما وارد نکرده است

But some day dissociated knowledge will be pieced
together.
اما روزی دانش‌های پراکنده کنار هم قرار خواهد گرفت

Terrifying vistas of reality will open up to us.
چشم‌اندازهای هولناکی از واقعیت در برابر ما گشوده خواهد شد

And we will be left in a frightful vantage point.
و ما در یک نقطه دید ترسناک رها خواهیم شد

We will either go mad from the revelation we are given.
یا از مکاشفه‌ای که به ما داده می‌شود دیوانه خواهیم شد

Or we will flee from the deadly light that we will see.
یا از نور مرگباری که خواهیم دید، فرار خواهیم کرد

We will run from the knowledge we had always pursued.

ما ار دانسی که همیسه دنبالس بودیم، فرار حواهیم کرد

And we will seek the peace and safety of a new dark age.
و ما به دنبال صلح و امیب عصر ناریکی جدیدی حواهیم بود

Theosophists have guessed at the scale of the cosmos.
یوسوفیست‌ها در مورد مقیاس کیهان حدس‌هایی زده‌اند

Our world is but a transient incident in this cycle.
دنیای ما چیری جر یک حادبه کدرا در این چرحه نیست

The human race plays but a little role in the universe.
نراد بسر نفس بسیار کمی در جهان هسی ایفا می‌کد

The theosophists have hinted at strange methods of survival.
مکلمان به روس‌های عجیب بما اساره کرده‌اند

But their suggestions would freeze a rational man's blood.
اما پیسسهادهای آنها حون یک مرد عاقل را مسجمد می‌کد

Only the optimism of their ideas hides the horror.
نها حوس‌بیبی بهمه در ایده‌هایسان، وحست را پهان می‌کد

But it is not their ideas that chill me the most.
اما این ایده‌های آنها نیست که بیس ار همه مرا می‌نرساند

It is something else that fills me with terror.
چیر دیکری است که مرا سرسار ار وحست می‌کد

The single glimpse of forbidden eons I have seen.
نها نکاهی اجمالی به اعصار ممنوعه‌ای که دیده‌ام

When I think of what I saw my blood stands still.
وقی به چیری که دیدم فکر می‌کنم، حون نوی رک‌هام نابت می‌مونه

Restlessness plagues my dreams since that glimpse.
ار آن لحطه به بعد، بی‌قراری حواب‌هایم را آرار می‌دهد

It came to me like all dreaded glimpses of truth.
مسل نمام آن لمحه‌های نرساک حقیقت به سراعم آمد

An accidental piecing together of separated things.
کنار هم قرار دادن نصادفی چیرهای جدا ار هم

An old newspaper item and the notes of a dead professor.
یک رورنامه قدیمی و یادداس‌های یک اساد قوب سده

In a flash everything was pieced together before me.

در یک چشم به هم ردن همه چیر جلوی چسمم چیده سد

I hope no one else will accomplish this terrible insight.

امیدوارم هیچ کس دیکری به این بیس وحسساک دس پیدا نکد

Certainly, if I live, I shall never help anyone to know it.

مطمسأ، اکر رنده بمانم، هرکر به کسی کمک نحواهم کرد نا آن را بداد

I shall never knowingly supply a link in so hideous a chain.

من هرکر آکاهانه حلقه‌ای ار چیس رنجیر هولناکی را فراهم نحواهم کرد

I think that the professor, too, intended to keep silent.

من فکر می‌کنم که اساد هم قصد داسب سکوب کد

He didn't mean to share the secrets that he knew.

او قصد نداسب رارهایی را که می‌داسب به اسراک بکدارد

And I'm sure he would have destroyed his notes.

و مطمسم که یادداست‌هایس را نابود می‌کرد

If he had not been seized by sudden and suspicious death.

اکر دچار مرک ناکهانی و مسکوک نمی‌سد

***

My knowledge of the thing began in the winter of 1926-27.

آسایی من با این موصوع ار رمسان ۱۹۲۶-۱۹۲۷ آعار سد

My great-uncle was the professor George Gammell Angell.

عموی بررک من، پروفسور جورج کامل آنجل بود

He was the Professor Emeritus of Semitic languages.

او اساد ممسار ربان‌های سامی بود

He lectured in Brown University, Providence, Rhode Island.

او در دانسکاه براون، پراویدنس، رود آیلند سحرایی کرد

His death, at the age of ninety-two, triggered the event.

مرک او در سن نود و دو سالکی، جرفه این رویداد را ارد

He was widely known as an authority on ancient
inscriptions.

او به عنوان متخصص کتیبه‌های باستانی سهم زیادی داشت

Heads of prominent museums came to him for his expertise.
روسای موزه‌های برجسته برای استفاده از تخصص او به او مراجعه
می‌کردند

So his death was noticed by many within academic circles.
بنابراین مرگ او مورد توجه بسیاری از محافل دانشگاهی قرار گرفت

Interest was intensified by the obscurity of his death.
با مبهم بودن مرگ او، علاقه به این موضوع تشدید شد

It occurred as he was disembarking from the Newport boat.
این اتفاق زمانی رخ داد که او داشت از قایق نیوپورت پیاده می‌شد

Witnesses say a dark nautical-looking fellow had jostled
him.
شاهدان می‌گویند مردی سیاه‌پوست که ظاهری دریایی داشت، او را هل
داده بود

After being stricken, he fell suddenly, witnesses say.
شاهدان می‌گویند پس از اصابت ضربه، او ناگهان به زمین افتاد

Physicians were unable to find any visible disorder.
پزشکان نتوانستند هیچ اختلال قابل مشاهده‌ای پیدا کنند

After some perplexed debate they reached their conclusion.
پس از بحث‌های طولانی و گیج‌کننده، آنها به نتیجه‌ی خود رسیدند

"It must have been a lesion of the heart," they agreed.
آنها موافقت کردند: «حتماً ضایعه‌ای در قلبش بوده است»

"After all, he was rather an elderly man," they added.
آنها اضافه کردند: «بالاخره، او مرد نسبتاً مسنی بود»

"the brisk ascent of the steep hill caused his end."
«صعود سریع از تپه شیب‌دار باعث مرگ او شد»

At the time I saw no reason to dissent from this dictum.
در آن زمان هیچ دلیلی برای مخالفت با این حکم نمی‌دیدم

But latterly I am inclined to wonder about their conclusion.
اما اخیراً تمایل دارم در مورد نتیجه‌گیری آنها تردید کنم

And I do more than just wonder if they were right.

و من کاری بیس از این انجام می‌دهم که فقط به این فکر کنم که آیا حق

با آنها بوده است یا نه

***

My grand-uncle died alone as a childless widower.

عموی بزرگم در تنهایی و بدون فرزند فوت کرد

And so I became heir and executor to his possessions.

و بدین ترتیب من وارث و مجری اموال او شدم

So I was expected to go over his papers and writings.

بنابراین از من انتظار می‌رفت که مقالات و نوشته‌های او را بررسی کنم

I moved his entire set of files and boxes to my Boston home.

من تمام مجموعه پرونده‌ها و جعبه‌های او را به خانه‌ام در بوستون منتقل

کردم

Much of the materials I collected will later be published.

بسیاری از مطالبی که جمع‌آوری کرده‌ام، بعداً منتشر خواهد شد

Many academics in his field took great interest in his work.

بسیاری از دانشگاهیان در رشته او علاقه زیادی به کار او نشان دادند

The American archeological society relied on him greatly.

انجمن باستان‌شناسی آمریکا به او بسیار متکی بود

But there was one box which I found exceedingly puzzling.

اما یک جعبه بود که برایم بسیار گیج‌کننده بود

I felt much averse from showing these files to other eyes.

از نشان دادن این پرونده‌ها به دیگران اکراه زیادی داشتم

The box had been locked, unlike the other boxes.

جعبه، برخلاف جعبه‌های دیگر، قفل شده بود

And initially I found no key that would open this box.

و در ابتدا هیچ کلیدی پیدا نکردم که این جعبه را باز کند

But then the location of the key occurred to me.

اما بعد جای کلید به دهم رسید

The professor always carried a keyring in his pocket.
اساد همیسه یک جاکلیدی در جیبس داست

It was indeed one of these keys that opened the box.
در واقع یکی ار این کلیدها بود که جعبه را بار کرد

But in the box was a still more closely locked barrier.
اما در جعبه، حابلی قفل‌سده‌تر و محکم‌تر وجود داست

What could be the meaning of the queer bas-relief?
معای نمس برجسسه عجیب و عریب چه می‌تواند باسد؟

Various paper cuttings accompanied the bas-relief.
برس‌های محلف کاعد، نمس برجسسه را همراهی می‌کردند

What did the disjointed jottings and ramblings allude to?
این نوسسه‌های پراکنده و پراکنده به چه چیزی اساره داسند؟

Had my uncle become credulous to superficial impostures?
آیا عمویم به سیادی‌های طاهری و سطحی حوس‌بین سده بود؟

Perhaps in his later years his criticalness thought slowed.
ساید در سال‌های آحر عمرس، نفکر اسعادی‌اس کندر سده باسد

Someone had disturbed this old man's peace of mind.
کسی آرامس حاطر این پیرمرد را به هم رده بود

And so I resolved to locate the eccentric sculptor.
و بابراین نصمیم کرفتم مجسمه‌سار عجیب و عریب را پیدا کنم

The man who set in motion my uncle's strange obsession.
مردی که وسواس عجیب عمویم را به راه انداحت

***

The bas-relief was roughly shaped like a rectangle.
نمس برجسسه نعریبا به سکل مسطیل بود

The rectangular shape was less than an inch thick.
سکل مسطیلی کمتر ار یک ایبچ صحامت داست

And the bas-relief was about five by six inches in area.

و نفس برجسه حدود پنج در سس اینچ مساحت داسب

It was obvious that the bas-relief was of modern origin.

کاملا مسحص بود که این نفس برجسه مسا مدرن دارد

The designs, however, were far from modern in atmosphere.

با این حال، طرح‌ها ار نطر حال و هوا به دور ار مدریبه بودند

The inscriptions suggested a far older civilization.

کییبه‌ها حاکی ار نمدنی بسیار قدیمی‌بر بودند

The vagaries of cubism and futurism were many and wild.

هوس‌های کوبیسم و فونوریسم فراوان و وحسی بودند

But normally such patterns fail to produce regularity.

اما معمولا چبیں الکوهایی نمی‌نواسد نطم ایجاد کند

The cryptic regularity which lurks in prehistoric writing.

نطم رمرآلودی که در نوسه‌های مافبل ناریح بهمه اسب

This regularity was certainly present in the bas-relief.

این نطم و نربیب فطعا در نفس برجسه وجود داسبه اسب

I was certain the inscriptions represented a writing system.

مطمن بودم که کییبه‌ها نمایانکر یک سیسم نوساری هسسد

I had some familiarity with the papers of my uncle.

من نا حدودی با مدارک عمویم آسایی داسم

And I had looked through all of his collections and works.

و من نمام مجموعه‌ها و آنار او را بررسی کرده بودم

But I failed to find any writing that was similar.

اما من هیچ نوسه‌ای که مسابه آن باسد، پیدا نکردم

I could not geographically place this alphabet in any way.

من به هیچ وجه نوانسم این الفبا را ار نطر جعرافیایی فرار دهم

Nor could I guess from what time this writing came from.

و همچنین نمی‌نوانسم حدس برنم که این نوسه ار چه رمانی آمده است

Above these apparent hieroglyphics there was a figure.

بالای این هیروکلیف‌های آسکار، نفسی وجود داسب

The figure was evidently only of pictorial intent.

ظاهراً این سکل فقط جبه‌ی تصویری داست

The impressionism of the.picture added to the mystery.
امپرسیوییسم تصویر به رمر و رار آں می‌افرود

No clear idea of the creature's nature could be discerned.
هیچ تصور روسنی ار ماهیب این موجود فابل تسحیص نبود

The creature seemed to be a monster, of some sort.
آں موجود، به نوعی، یک هیولا به نطر می‌رسید

Or the symbol represented a monster, of some sort.
یا این نماد نمایانکر نوعی هیولا بود

Only a diseased mind could conceive of such a form..
فقط یک دهں بیمار می‌نواند چیں سکلی را نصور کند

My imagination yielded different pictures simultaneously.
نحیل من همرماں تصاویر محلفی را به نصویر می‌کسید

But my imagination may also be somewhat extravagant.
اما نحیل من ممکن است با حدودی اعراو‌آمیر هم باسد

An octopus, a dragon, and also a human caricature.
یک احناپوس، یک اردها و همچیں یک کاریکانور انساں

I shall try not be unfaithful to the.spirit of the thing.
سعی می‌کم به روح مطلب بی‌وفا نباسم

A pulpy, tentacled head surmounted a scaly body.
سری کوسالو و ساحکدار بر بدنی فلس‌دار سایه انداحنه بود

Rudimentary wings protruded from the grotesque shape.
بال‌های آبدایی ار آں سکل عجیب و عریب بیروں رده بودند

But the shape of the monster wasn't even the worst part.
اما سکل هیولا حنی بدنرین فسمب ماجرا هم نبود

The background of the picture was even more frightening.
پس‌رمیه‌ی تصویر حنی نرساک‌نر هم بود

The scenery had a vague suggestion of another civilization.
منطره، اساره‌ای مبهم به نمدنی دیکر داست

Cyclopean architecture from a forgotten part of the world.
معماری سیکلوپیں ار بحسی فراموس‌سده ار جهاں

***

Only some notes and press cuttings accompanied the oddity.

فقط چند یادداشت و بریده جراید این اتفاق عجیب را همراهی می‌کردند

The press cuttings seemed to be only vaguely related.

به نظر می‌رسید بریده‌های روزنامه فقط به طور مبهمی به هم مربط

هستند

The hand written notes were all from my uncle.

یادداشت‌های دست‌نویس همه از طرف عمویم بود

But his notes made no pretense to any literary style.

اما یادداشت‌های او هیچ ظاهری به سبک ادبی نداشت

There was no ordering mechanism to any of the papers.

هیچ ساروکاری برای سفارس هیچ یک از مقالات وجود نداست

Although there seemed to be a master document to the notes.

اگرچه به نظر می‌رسید که یک سد اصلی برای یادداشت‌ها وجود دارد

This document was ascribed to the cult of Cthulhu.

این سد به فرقه کاتولو نسبت داده سده است

The word's letters had been painstakingly written out.

حروف کلمه با دقت و زحمت فراوان نوسه سده بود

There should be no erroneous reading of the unheard of word.

نباید در حواس کلمات ناسیده، اسباه کرد

This Cthulhu manuscript was divided into two sections;

این سحه حطی کتولو به دو بحس تقسیم سده است؛

The first manuscript was titled the following:

اولین سحه حطی با عنوان زیر منسر سد:

"1925 - Dream and Dream Work of H. A. Wilcox"

«۱۹۲۵ - رویا و اثر رویایی اچای ویلکاکس»

"7 Thomas St., Providence, Road Island"

»خیابان توماس شماره ۷، پراویدنس، رود آیلند«

And the second manuscript was titled the following:

و نسخه خطی دوم با عنوان زیر مسر سد:

"Narrative of Inspector John R. Legrasse"

»روایت بازرس جان آر لکراس«

"121 Bienville St., New Orleans, 1908 Meetings."

»خیابان بیویل، پلاک ۱۲۱، نیواورلنان، جلسات ۱۹۰۸«

"Notes on Same, & Prof. Webb's account of events"

»یادداست‌هایی درباره سام و روایت پروفسور وب از وقایع«

The other manuscript papers were all brief notes.

سایر کاعدهای دس‌نویس، همکی یادداست‌های محصری بودند

Some manuscripts described the queer dreams of different persons.

برحی از سحه‌های حطی، رویاهای عجیب و عریب افراد محلف را توصیف می‌کردند

Some manuscripts cited from theosophical books and magazines.

برحی از سحه‌های حطی از کتاب‌ها و مجلات عرفانی نقل سده‌اند

Notably, most of these citations were from W. Scott-Eliott.

نکته قابل توجه این است که بیسر این اسنادها از دبلیو اسکات-الیوب بود

Mainly the notes referenced Atlantis and the Lost Lemuria.

یادداست‌ها عمدتاً به آتلانتیس و لموریا کمسده اساره داسند

The other notes commented on long-surviving secret societies.

یادداست‌های دیکر درباره انجمن‌های محفی دیرپا اطهار نطر می‌کردند

Hidden cults that may or may not still exist somewhere.

فرقه‌های پهانی که ممکن است هنور در جایی وجود داسه باسد یا نداسه باسد

Two books seemed to provide most of the information;

به نظر می‌رسید دو کتاب بیشترین اطلاعات را ارائه می‌دهد؛

Miss Murray's Witch-Cult in Western Europe.

فرقه جادوگری خانم موری در اروپای عربی

This book thoroughly detailed Mythological sources.

این کتاب به طور کامل منابع اسطوره‌سناسی را سرح داده است

And Frazer's Golden Bough provided anthropological sources.

و کتاب ساحه طلایی فریرر منابع انسان‌سناسی را فراهم کرد

***

The cuttings largely alluded to outré mental illnesses.

این بریده‌ها عمدتا به بیماری‌های روانی غیرمعمول اساره داسد

Outbreaks of group folly and mania in the spring of 1925.

سیوع حماقت و سیدایی کروهی در بهار ۱۹۲۵

The first half of the manuscript told a very peculiar tale.

بیمه اول دست‌نوسته داسان بسیار عجیبی را روایت می‌کرد

1925, the 1st of March, a thin dark young man came to my uncle.

اول مارس ۱۹۲۵، مرد جوان لاعر و سبره‌ای پیس عمویم آمد

The manuscript describes his neurotic and excited aspect.

این دست‌نوسته، جبه‌ی عصبی و هیجان‌رده‌ی او را نوصیف می‌کند

And he bore with him the strange bas-relief.

و او نفس برجسه عجیب را با حود حمل کرد

At that time the bas-relief was exceedingly damp and fresh.

در آن رمان، نفس برجسه به سدت مرطوب و تاره بود

His card bore the name of Henry Anthony Wilcox.

روی کارت او نام هنری آنوئی ویلکاکس حک سده بود

And my uncle had slightly recognized who he was.

و عمویم کم کم فهمیده بود که او کیست

He was the youngest son of an excellent family.

او کوچک‌ترین پسر یک خانواده‌ی عالی بود

Latterly he had been studying sculpture at Rhode Island.

او احیراً در داسکاه رود آیلمد مسغول به یحصیل در رسه مجسمه‌ساری

بود

He lived alone at the Fleur-de-Lys Building.

او به سهایی در ساحتمان فلور-دو-لیس رندکی می‌کرد

His residences were near the university.

خانه‌هایس نردیک داسکاه بود

Wilcox was a precocious youth of known genius.

ویلکاکس جوانی باهوس و نابعه‌ای ساحته‌سده بود

But he was also known for his great eccentricity.

اما او همچیس به حاطر عجیب و عریب بودں ریادس ساحته سده بود

From childhood he had excited the attention of others.

ار کودکی نوجه دیکراں را به حود جلب می‌کرد

He told of strange stories no one had told him about.

او داساں‌های عجیبی نعریف می‌کرد که هیچ‌کس برایس نعریف نکرده

بود

And he was in the habit of relating strange dreams.

و او عادب داست حواب‌های عجیب و عریب نعریف کند

He described himself as "psychically hypersensitive".

او حود را فردی «ار نطر روانی بیس ار حد حساس» نوصیف می‌کرد

But those around him had other descriptions for him..

اما اطرافیاس نوصیفاب دیکری برایس داسمد

They were staid folk of the ancient commercial city.

آبها همچماں ار اهالی سهر نجاری باسانی بودند

And they dismissed him as merely strange and "queer".

و آبها او را صرفا به عنواں عجیب و عریب و "عجیب و عریب" رد کردند

And so he never mingled much with his kind.

و بابراین او هرکر ریاد با همنوعاں حود معاسرب نمی‌کرد

And he had dropped gradually from social visibility.

و او به تدریج از دید اجتماعی کار گذاسته سده بود

Now he is known only to a small group of esthetes. .
اکنوں او فقط برای گروه کوچکی از زیبایی ساساں ساخته سده است

And those who knew him came mostly from other towns.
و کسانی که او را می‌ساحند، بیستر از سهرهای دیکر آمده بودند

Even the Providence art club had found him quite hopeless.
حتی باسکاه هری پراویدس هم او را کاملا باامید یافته بود

Of course they were anxious to preserve their conservatism.
البه آنها مساق بودند که محافظه‌کاری حود را حفظ کند

***

The professor's manuscript continued to describe the visit.
دست‌نوسته‌ی اساد همچناں به نوصیف این دیدار می‌پرداحت

The sculptor abruptly asked for his host's archeological
knowledge.
مجسمه‌سار ناکهاں از میربانس درباره دانس باساں‌ساسی‌اس پرسید

He wanted him to identify the hieroglyphics on the bas-
relief.
او می‌حواست که او هیروکلیف‌های روی نعس برجسه را ساسایی کند

He spoke in a dreamy and rather stilted manner.
او با حالی رویایی و ستبنا متکبرانه صحبت می‌کرد

His speech suggested pose and alienated sympathy.
سحرانی او نداعی‌کسده‌ی رست و رست کرفن بود و همدردی را از بین

می‌برد

And my uncle showed some sharpness in his reply.
و عمویم در پاسحس کمی تندی نساں داد

Because the bas-relief was still conspicuously freshness.
ریرا نعس برجسه هنور به طرر چسمکیری نارکی حود را حفظ کرده بود

So there was no need for any kinship with archeology.

بنابراین یاری به هیچ کونه خویساوندی با باسای ساسی نبود

Young Wilcox's rejoinder was of a fantastically poetic cast.
پاسخ ویلکاکس جوان حال و هوایی شاعرانه و خیال‌انکیر داشت

My uncle must have been impressed with the reply,
عمویم حتما از جوابش نحت تأثیر قرار کرفه است

And he recorded the reply of Wilcox verbatim.
و او پاسخ ویلکاکس را کلمه به کلمه نبت کرد

"The bas-relief is indeed still conspicuously fresh."
»این نقس برجسنه واقعاً هنور به طرر چسمکیری ناره است«

"Because I made this bas-relief last night, after a dream."
»چون دیسب، بعد از یک حواب، این نقس برجسنه را ساحم«

"A dream of strange cities and stranger people."
»رویایی از سهرهای عجیب و عریب و آدم‌های عجیب‌نر«

"And dreams are older than brooding Tyros."
»و رویاها از نایروس در فکر فرو رفه قدیمی‌نرند«

"Dreams are older than the contemplative Sphinx."
»رویاها از ابوالهول مفکر قدیمی‌نرند«

"And dreams are older than the garden-girdled Babylon."
»و رویاها از بابل پوسیده از باغ، قدیمی‌نرند«

This type of speech turned out to be characteristic of him.
این نوع کفار از ویرکی‌های بارر او بود

It was then that he began that rambling tale.
از آن موقع بود که آن داسان بی‌ربط را سروع کرد

The tale which suddenly played upon a sleeping memory.
داسانی که ناکهان حاطره‌ای حقه را به باری کرفت

The tale that won the fevered interest of my uncle.
داسانی که نوجه عموی نب‌دارم را جلب کرد

***

There had been a slight earthquake tremor the night before.

شب قبل لرزله حفیفی رح داده بود

The most considerable tremor New England had felt for some years.

قابل نوجه‌ترین لرزسی که نیوانگلند طی چند سال احساس کرده بود

Wilcox's imagination had been keenly affected by the earthquake.

نحیل ویلکاکس به سدت نحت نأیر رلرله قرار کرفه بود

He had had an unprecedented dream of great Cyclopean cities.

او رویای بی‌سابمه‌ای ار سهرهای بررک سیکلوپیس دیده بود

He dreamed of Titan blocks and sky-flung monoliths.

او رویای بلوک‌های نایپاں و مونولیپ‌های معلو در آسماں را در سر می‌پروراند

All the architecture was dripping with green ooze.

نمام معماری ار لجں سبر رنک چکه می‌کرد

And his dreams were sinister with latent horror.

و رویاهایس سوم و پر ار وحسب پهاں بودند

Hieroglyphics had covered the walls and pillars.

حطوط هیروکلیف دیوارها و سوں‌ها را پوسانده بودند

From somewhere underneath there came a sound.

ار جایی در ریر، صدایی آمد

The sound was of a voice, but it was not a voice.

صدا، صدای یک صدا بود، اما صدا نبود

A chaotic sensation which only fancy could transmute into sound.

احساسی آسمه که نها حیال می‌نوانسب آں را به صدا نبدیل کد

He attempted to say the almost unpronounceable word.

او سعی کرد کلمه نمریبأ عیرقابل نلفظ را بکوید

A jumble of unlikely letters; "Cthulhu fhtagn".

مجموعه‌ای ار حروف نامعارف؛ کهولو فیاں

This verbal jumble was the key to my uncle's recollection.

این لغاطی، کلید یادآوری حاطرات عمویم بود

This strange sound excited and disturbed.Professor Angell.

این صدای عجیب، پروفسور آنجل را هیجان‌رده و آسمه کرد

He questioned the sculptor with scientific minuteness.

او با طراوت علمی، مجسمه‌سار را ریر سوال برد

He studied the bas-relief with almost frantic intensity.

او با سور و سوفی نفریبا دیوانه‌وار به بررسی نفس برجسه پرداحب

My uncle blamed his old age, Wilcox afterward said.

ویلکاکس بعداً کفب عمویم پیری‌اس را مغصر می‌دانست

In his younger days he would have recognized the hieroglyphics.

در رورهای جوانی‌اس، او می‌نوانست حط هیروکلیف را نسحیص دهد

The pictorial design wouldn't have puzzled his sharper mind.

طرح نصویری، دهس نیربیس‌نر او را کَیج نمی‌کرد

Many of his questions seemed highly out of place to his visitor.

بسیاری ار سوالاب او برای باردیدکسده‌اس کاملاً بی‌ربط به نطر می‌رسید

He tried to connect him to strange mythological cults.

او سعی کرد او را به فرفه‌های اساطیری عجیب و عریب ربط دهد

He tried to get him to admit affiliation to secret societies.

او سعی کرد او را وادار کند که به عصویب در انجمس‌های محفی اعراف

کند

My uncle even promised to keep his visitor's secret.

عمویم حسی فول داد که رار مهمانس را نکه دارد

"Are you not part of a widespread mystical group?"

»مکَر نو عصوی ار یک کروه عرفانی کسرده نیسی؟«

"Are you not a member of a paganly religious body?"

»مکَر نو عضو یک کروه مدهبی ب‌پرسانه نیسی؟«

Eventually he became convinced the sculptor wasn't a
member.

سرانجام او مساعد سد که مجسمه‌سار عصو نیست

He was indeed ignorant of any cult or system of cryptic lore.

او در واقع ار هرگونه فرقه یا سیسم داس رمرآلود بی‌اطلاع بود

He besieged his visitor with demands for future reports of
dreams.

او مهماس را با درحواست‌هایس برای کرارس‌های آیده ار حواب‌ها
محاصره کرد

This strange request bore regular and interesting fruit.

این درحواست عجیب، نمره مطم و جالبی داست

***

After the first interview the manuscript records daily calls.

پس ار اولین مصاحبه، سسحه حطی، نماس‌های رورانه را بب می‌کد

He related startling fragments of nocturnal imagery.

او قطعاب نکان‌دهده‌ای ار نصاویر سبانه را روایب کرد

There were always the same themes in his dreams.

همیسه مصامین یکسایی در حواب‌هایس وجود داست

A terrible Cyclopean vista of dark and dripping stone.

مطره‌ای وحسساک و سیکلوپایی ار سک‌های نیره و چکه‌کسده

A subterranean voice or intelligence shouting
monotonously.

صدایی یا هوسی ریررمیی که به طور یکواحب فریاد می‌رند

Two sounds seemed to repeat themselves in his dreams.

به نطر می‌رسید دو صدا در حواب‌هایس نکرار می‌سود

But these sounds were as enigmatic as the other sounds.

اما این صداها به انداره صداهای دیکر مرمور بودند

The sounds can only be rendered by the letters "Cthulhu"
and "R'lyeh".

این صداها فقط با حروف" کـولو "و "ریلیه " قابل بلفط هسـید

On March 23rd, the manuscript continued, Wilcox failed to come.

در ادامه‌ی دست‌نوسـه آمده است که در ۲۳ مارس، ویلکاکس نیامد

My uncle made inquiries at the quarters of his..whereabouts.

عمویم در محل افامس پرس و جوهایی کرد

That night he had been stricken with an obscure sort of fever.

آن سب او به نوعی سب مبهم دچار سده بود

And he was taken to the home of his family in Waterman Street.

و او را به حانه‌ی حانواده‌اس در حیابان وانرمن بردند

That night he had cried out in one.of his dreams.

آن سب در یکی ار حواب‌هایس فریاد رده بود

His cries aroused several other artists in the building.

فریادهای او چدین هنرمد دیکر را در ساحتمان بیدار کرد

And he was between alternations of unconsciousness and delirium.

و او بین ساوب‌های بیهوسی و هدیان قرار داسب

My uncle at once telephoned the family of Wilcox.

عمویم فوراً با حانواده‌ی ویلکاکس نماس کرف

And from that time forward he kept close watch of the case.

و ار آن رمان به بعد، او ار نردیک مرافب پرونده بود

He called often at the Thayer Street office of Dr. Tobey.

او اعلب به مطب دکـر نوبی در حیابان نایر مراجعه می‌کرد

Dr. Tobey was in charge of the patient's condition.

دکـر نوبی مسول وصعیب بیمار بود

The youth's febrile mind was dwelling on strange things.

دهن سب‌دار جوان درکیر چیرهای عجیبی بود

The doctor shuddered now and then as he spoke of the dreams.

دکتر هر بار گاهی که از خواب‌ها صحبت می‌کرد، می‌لرزید

The dreams repeated a lot of the earlier themes.
این خواب‌ها بسیاری از مضامین قبلی را تکرار می‌کردند

But now his dreams made mention of something new.
اما حالا خواب‌هایش به چیز جدیدی اشاره می‌کردند

A gigantic thing "a miles high" which walked, or lumbered about.
چیزی عول‌پیکر به ارتفاع «یک مایل» که راه می‌رفت، یا به سختی حرکت می‌کرد

He at no time fully described this object in any detail.
او هرگز این شیء را به طور کامل و با جزییات توصیف نکرد

But Dr. Tobey relayed the frantic words of his patient.
اما دکتر توبی سخنان آسیمه بیمارش را بازگو کرد

And the professor became increasingly certain of what it was.
و استاد به طور فزاینده‌ای از آنچه که بود مطمئن شد

The nameless monstrosity he had sought to depict in his sculpture.
هیولای بی‌نام و نشانی که او در پی به تصویر کشیدنش در مجسمه‌اش بود

The doctor had mentioned the bas-relief he had made.
دکتر از نقش برجسته‌ای که حودش ساخته بود، نام برده بود

This mention preludes the young man's subsidence into lethargy.
این اشاره مقدمه‌ای بر فرو رفتن مرد جوان در بی‌حالی و رخوت می‌شود

His temperature, oddly enough, was not greatly above normal.
به طرز عجیبی، دمای بدنش حیلی بالاتر از حد معمول نبود

But his general condition suggested he was in a fever.
اما حال عمومی او نشان می‌داد که تب دارد

A fever, as opposed to being in the grasp of a mental disorder.

تب، برخلاف در چنگال یک اختلال روانی بودن

***

On April 2nd at about 3 p.m. the fever came to an end.

حدود ساعت ۳ بعد از ظهر، دوم آوریل تب قطع شد

Every trace of Wilcox's malady suddenly ceased.

تمام سایه‌های بیماری ویلکاکس ناگهان از بین رفت

He sat upright in bed as if waking up from regular sleep.

او طوری در رختخواب صاف نشست که انگار از خواب عادی بیدار شده است

He was astonished to find himself at his parents' home.

او با کمال تعجب خود را در خانه پدر و مادرش یافت

And he was completely ignorant of what had happened.

و او کاملا از آنچه اتفاق افتاده بود بی‌خبر بود

Neither dream nor reality had made an impression on his mind.

نه خواب و نه واقعیت، هیچ کدام تاثیری بر ذهنس نگذاشته بودند

Dr. Tobey pronounced him fit to be dismissed from his care.

دکتر توبی او را واجد شرایط مرخص شدن از مراقب خود اعلام کرد

And he returned to his quarters three days later.

و سه روز بعد به اقامتگاه خود بازگشت

But to Professor Angell he was of no further assistance.

اما برای پروفسور آنجل، او دیگر هیچ کمکی نکرد

All traces of strange dreaming had vanished with his recovery.

با بهبودی او، تمام آثار رویاهای عجیب و غریب از بین رفته بود

For a week he recounted irrelevant and thoroughly usual visions.

او به مدت یک همه رویاهای بی‌ربط و کاملاً معمولی را تعریف کرد

And my uncle kept no further record of his night-thoughts.
و عمویم دیکر هیچ یادداستی از افکار سبانه‌اس نکه نداست

At this point the first part of the manuscript ended.
در این مرحله بحس اول دست‌نوسه به پایان رسید

But my research was still anything but concluded.
اما تحمیمات من هنور به هیچ سیجه‌ای نرسیده بود

References to scattered notes helped piece things together.
ارجاع به یادداست‌های پراکنده به کار هم کداسس مطالب کمک کرد

And there was more than enough material for thought.
و مطالب برای تفکر بیس ار حد کافی بود

My distrust of the artist had still not subsided.
بی‌اعتمادی من به آن هرمند هنور فروکس نکرده بود

But this was largely a result of my ingrained skepticism.
اما این تا حد زیادی سیجه‌ی سک و تردید ریسه‌دار من بود

The notes described the dreams of various persons.
یادداست‌ها، رویاهای افراد محلف را توصیف می‌کردند

These dreams all occurred while young Wilcox was in his
fever.
این حواب‌ها همکی رمانی اتماق افتادند که ویلکوکس جوان تب داست

My uncle, it seems, wasted no time in collecting the data.
به نطر می‌رسد عمویم برای جمع‌آوری اطلاعات وقت تلف نکرد

He had quickly instituted a prodigiously far-flung body of
inquiries.
او به سرعت مجموعه‌ای عطیم ار تحمیمات را در اقصی نقاط جهان آغار
کرده بود

Any friend that didn't show impertinence he questioned.
هر دوستی که کساحی نسان نمی‌داد، مورد سوال قرار می‌داد

He requested from them nightly reports of their dreams.
او ار آنها کرارس‌های سبانه ار رویاهایسان را درحواست کرد

And he asked if they had had any notable visions of late.

و او پرسید که آیا احیراً رویای قابل نوجهی دیده‌اند یا حیر

The reception of his request seems to have been varied.

به نطر می‌رسد اسمبال ار درحواست او منعاوب بوده اسب

But there was certainly no shortage in replies.

اما مطمناً کمبودی در پاسح‌ها وجود نداسب

No ordinary man could have handled the replies alone.

هیچ آدم معمولی نمی‌نواسب به نهایی ار پس پاسح‌ها برییاید

The original correspondences were not preserved.

مکانبات اصلی حمط سده‌اند

But his notes formed a thorough and significant digest.

اما یادداسب‌های او حلاصه‌ای کامل و فابل نوجه را نسکیل می‌داد

***

Initially he had approached average people in society.

در ابدا او به افراد عادی جامعه نردیک سده بود

New England's traditional "salt of the earth".

»نمک رمین« سنی نیوانکلند

But this group gave an almost completely negative result.

اما این کروه نعریباً نیجه کاملا منعی داد

Though there were some exceptions to this group too.

اکرچه در این کروه اسبناهایی هم وجود داسب

Scattered cases of uneasy but formless nocturnal
impressions.

موارد پراکنده‌ای ار برداسب‌های سبانه‌ی ناآرام اما بی‌سکل

Their reports were always between March 23rd and April
2nd.

کَرارس‌های آنها همیسه بین ۲۳ مارس و ۲ آوریل بود

This aligned with the same period of young Wilcox's
delirium.

این با همان دوره هدیان‌کویی ویلکاکس جوان همسو بود

Men of science had been only a little more affected.

مردان علم فقط کمی بیسر تحت تأثیر قرار کرفه بودند

Though four cases of vague description were of interest.

اکرچه چهار مورد با توصیحات مبهم جالب توجه بودند

They had had fugitive glimpses of strange landscapes.

آنها نکاه های کذرا و کذرا به مناطر عجیب و عریب انداحه بودند

And in one case a dread of something abnormal was
mentioned.

و در یک مورد، ترس از چیزی غیرطبیعی ذکر سده بود

It was from the artists and poets that the pertinent answers
came.

پاسخ های مربط از هنرمندان و ساعران دریافت می‌سد

It is a blessing no one had been able to compare notes.

این یک موهبت است که هیچ‌کس توانسه یادداست‌ها را با هم مقایسه
کند

Panic would have broken loose had they shared their
visions.

اکر رویاهایسان را به اسراک می‌کذاسند، وحسب همه جا را فرا
می‌کرفت

This, however, did not dispel my ingrained skepticism.

با این حال، این موصوع سک و نردید ریسه‌دار مرا از بین نبرد

Others might have come to mythical conclusions much
quicker.

دیکران ممکن اس حیلی سریع‌نر به نیجه‌کیری‌های افسانه‌ای رسیده
باسند

But the original letters were lacking from the notes.

اما حروف اصلی در یادداست‌ها وجود نداسند

I half suspected the compiler of having asked leading
questions.

من نقریباً مسکوک بودم که کردآورنده سوالات جهت‌دار پرسیده است

Or perhaps the correspondences weren't entirely original.

یا ساید مکابباب کاملاً اصیل ببودند

Perhaps my uncle had resolved to confirm Wilcox's dreams.
ساید عمویم نصمیم کرفبه بود رویاهای ویلکاکس را نأیید کد

That is why I continued to feel suspicious of the sculptor.
به همین دلیل بود که همچنان به مجسمه‌سار مسکوک بودم

Perhaps he was still cognizant of my uncle's old data.
ساید او هنور ار اطلاعاب فدیمی عمویم آکاه بود

Perhaps he had been imposing on the veteran scientist.
ساید او با این داسمند کهنه‌کار با ابهت برخورد کرده بود

Nonetheless, the corroborating data had to be investigated.
با این وجود، داده‌های نأییدکبده باید بررسی می‌سدد

***

The responses from the esthetes told a disturbing tale.
پاسح‌های منحصان ریبایی، داسبان نکران‌کسده‌ای را روایب می‌کرد

From February 28th to April 2nd their dreams aligned. .
ار ۲۸ فوریه نا ۲ آوریل رویاهایسان با هم هماهک سد

And a large proportion of them had dreamed very bizarre
things.
و بحس برزکَی ار آنها چیرهای بسیار عجیبی را در حواب دیده بودند

The timing of the intensity of their dreams was also of
interest.
رمان سدب رویاهای آنها نیر مورد نوجه بود

The period of the sculptor's delirium marked a highpoint.
دوره هدیان مجسمه‌سار، نقطه اوجی را نسان می‌دهد

The intensity of their dreams were immeasurably the
stronger.
سدب رویاهای آنها به طور عیرفابل وصفی قوی‌نر بود

Over a quarter reported unfamiliar and unpronounceable
sounds.

بیس ار یک چهارم آنها صداهای ناآسا و غیرقابل ئلفط را کَرارس کردند

Noises not dissimilar to what Wilcox had also described.
صداهایی که بی‌سباهت به صداهایی که ویلکاکس نوصیف کرده بود،
بودند

Some described highly elaborate and impossible architecture.
برخی معماری بسیار پیچیده و غیرممکن را نوصیف کردند

And some of the dreamers confessed to an acute fear.
و برخی ار حواب‌بیسدگاں به ترس سدیدی اعراف کردند

Like Wilcox, they had seen some gigantic nameless thing.
آنها ماسد ویلکاکس، چیر عول‌پیکر و بی‌نامی دیده بودند

One case, which the note describes with emphasis, was very sad.
یک مورد، که یادداست با تأکید به آں می‌پردارد، بسیار غم‌انگیر بود

The subject was a widely known architect of the region.
سوره، یک معمار مسهور منطقه بود

He too had leanings toward theosophy and occultism.
او نیر به الهیات و علوم عریبه گرایس داسب

This man went violently insane on March the 22nd.
این مرد در ۲۲ مارس به سدب دیوانه سد

The exact same date of young Wilcox's seizure.
دفیقاً همان ناریح نسج ویلکاکس جواں

He expired several months later, after incessant screaming.
او چند ماه بعد، پس ار جیغ‌های بی‌وقفه، جاں باحب

He begged to be saved from some escaped denizen of hell.
او التماس می‌کرد که ار دسب یک ساکن فراری جهنم نجاب پیدا کند

Regrettably, my uncle did not refer to these cases by name.
مأسفانه، عمویم به این موارد به طور مسعیم اساره نکرد

Instead, all studies were given nothing more than a number.
در عوص، به همه مطالعاب چیری بیس ار یک عدد داده سد

This way I was limited in attempting any personal investigation.

به این ترتیب، من در تلاش برای هرگونه تحقیق سحصی محدود بودم

And corroborating the evidence further was demanding.

و تأیید بیسر سواهد، کار طاقت‌فرسایی بود

But finally I did succeed in tracing down some cases.

اما بالاحره موفق سدم چد مورد را ردیابی کم

I should have trusted the notes from my uncle.

باید به یادداست‌های عمویم اعتماد می‌کردم

They reported their dreams true to their reports.

آنها حواب‌هایسان را مطابق کرارس‌هایسان کرارس کردند

I have often wondered what they thought the questioning meant.

من اعلب ار حودم پرسیده‌ام که آنها مطور ار این بارجویی را چه می‌داسسد

It is for the best that no explanation shall ever reach them.

بهتر اس که هیچ توصیحی هرکر به آنها برسد

***

As I have mentioned, my uncle also collected press clippings.

همانطور که اساره کردم، عمویم بریده جراید را هم جمع می‌کرد

These press clippings corresponded to the dates in question.

این بریده‌های مطبوعات با تاریح‌های مورد نظر مطابقت داسسد

The sources were scattered throughout the globe.

مابع در سراسر جهان پراکده بودند

Professor Angell must have employed a cutting bureau.

پروفسور آنجل حتما یک دفتر برس اسحدام کرده بود

Because the number of extracts was tremendous.

چون تعداد سحه‌ها حیلی ریاد بود

There was a parallel to this part of his research.

این بحس ار تحقیقات او، سباهت‌هایی هم داست

Cases of panic, mania, and eccentricity.

مواردی ار وحست، سیدایی و رفارهای عجیب و عریب

One case was a nocturnal suicide in London.

یک مورد حودکسی سبانه در لدں بود

A lone sleeper had leaped from a window after a shocking
cry.

مردی نها و حمه پس ار فریادی نکاں‌دهده ار پجره به پاییس پریده بود

A rambling letter to the editor of a paper in South America.

نامه‌ای پر ار حرف و حدیت به سردبیر رورنامه‌ای در آمریکای جنوبی

A fanatic deduces a dire future from visions he had had.

یک منصب ار رویاهایی که دیده است، آیںده‌ای سوم را اسباط می‌کد

A dispatch from California describes a theosophist colony.

کرارسی ار کالیفرںیا، یک مسعمره ںوسوفیست را ںوصیف می‌کد

They donned white robes en masse for some "glorious
fulfilment".

برای نوعی "نحمق باسکوه" به طور دسه جمعی لباس سفید پوسیدند

Although that "glorious fulfilment" never arose.

اکرچه آں «نحمق باسکوه» هرکر رح ںداد

There seems to be serious unrest from the natives in India.

به نطر می‌رسد ناآرامی‌های جدی ار سوی بومیاں هںد وجود دارد

Voodoo orgies multiplied in Haiti.

جس‌های وودو در هاییسی افرایس یافت

African outposts report ominous mutterings.

پایکاه‌های آفریمایی رمرمه‌های سومی را کرارس می‌دهند

American officers in the Philippines find certain tribes
bothersome.

افسران آمریکایی در فیلیپین برحی قبایل را آراردهده می‌داںد

New York policemen are mobbed by hysterical Levantines.

پلیسِ‌های نیویورک توسط لواسین‌های هیسریک مورد هجوم قرار می‌گیرند

This occurred exactly on the night of March 22-23. ..

این اتفاق دقیقاً در سب ۲۲ و ۲۳ مارس رح داد

The west of Ireland, too, was full of wild rumor and legendry.

عرب ایرلند نیر پر ار سایعات و اِفسانه‌های عجیب و غریب بود

A fantastic painter named Ardois-Bonnot made the news in France.

یک نقاس حارق‌العاده به نام آردوا-بونو در فراسه خبرسار سد

He hung a blasphemous dream landscape in the Paris spring salon.

او یک مطره رویایی کفرآمیر را در سال بهاره پاریس آویران کرد

The recorded troubles in insane asylums were immeasurable.

مسکلاب بب‌سده در نیمارسان‌ها بی‌حد و حصر بود

A miracle must have kept the medical fraternities unsuspecting.

حتماً یک معجره باعب سده که انجمس‌های پرسکی بی‌حبر بماند

But they never noted the strange parallelisms of the cases.

اما آنها هرکر به سباهب‌های عجیب این موارد نوجه نکردند

Else they too would have come to mystified conclusions.

وکرنه آنها هم به سایج مبهمی می‌رسیدند

I must confess these were indeed a set of weird paper cuttings.

باید اعتراف کنم که اینها واقعاً مجموعه‌ای ار بریده‌های کاغد عجیب و غریب بودند

My uncle had put forward a convincing argument.

عمویم اسدلال فایع‌کنده‌ای ارائه داده بود

I can't explain how I set the evidence aside.

نمی‌نوانم نوصیح دهم که چطور سواهد را کنار کداسم

But my callous rationalism took the upper hand.

اما عمل‌گرایی بی‌رحمانه‌ی من بر همه چیر غلبه کرد

And I was still suspicious of the young sculptor, Wilcox.

و من هنور به مجسمه‌ساز جوان، ویلکاکس، مشکوک بودم

He must have known of the older matters mentioned by the professor.

او حتماً از مطالب قدیمی‌تری که استاد مطرح کرده بود، خبر داست

The Tale of Inspecter Legrasse
داستان بازرس لکرس

Let me turn your attention away from the young sculptor.
بگذارید توجه شما را از مجسمه‌ساز جوان منحرف کنم

And let us focus on the second half of the manuscript.
و اجازه دهید روی نیمه دوم سحه خطی تمرکز کنیم

A few dreams alone would not have been so significant.
چند خواب به تنهایی آنقدر مهم نمی‌بودند

The bas-relief could have been dismissed as a hoax.
می‌توانست نقس برجسته را به عنوان یک فریب رد کند

But my uncle had previously been primed to take interest.
اما عمویم قبلا برای جلب توجه آماده شده بود

Wilcox's dream seemed to have a link to past events.
به نظر می‌رسید رویای ویلکاکس ارتباطی با وقایع گذشته دارد

It wasn't the first time that he had heard that word.
این اولین باری نبود که این کلمه را می‌شنید

The ominous syllables perhaps written as "Cthulhu".
هجاهای شوم شاید به صورت «کاتولو» نوشته شوند

He had seen and heard of similar descriptions before.
او قبلا توصیفات مشابهی را دیده و شنیده بود

The hellish outlines of the nameless monstrosity.
خطوط جهنمی هیولای بی‌نام و نشان

He had previously puzzled over the same hieroglyphics.
او قبلا در مورد همین هیروگلیف‌ها دچار سردرگمی شده بود

All this produced a horrible connection of events.
همه اینها باعث ایجاد یک ارتباط وحشتناک بین وقایع شد

It is no wonder he pursued young Wilcox with queries.
جای تعجب نیست که او ویلکاکس جوان را با سوالاتی دنبال کرد

And we must not be surprised he interrogated Wilcox so.
و نباید تعجب کنیم که او از ویلکاکس اینطور بازجویی کرد

This earlier experience had come in the year of 1908.

این تجربه قبلی در سال ۱۹۰۸ اتفاق افتاده بود

Seventeen years before Wilcox came to my great-uncle.

هفده سال قبل از اینکه ویلکاکس پیس عموی بزرگم بیاید

The archeological society were meeting in St. Louis.

انجمن باستان‌شناسی در سنت لوییس تشکیل جلسه داده بود

Professor Angell had a prominent part in the deliberations.

پروفسور آنجل نقس برجسته‌ای در این مذاکرات داشت

His responsibilities befitted one of his authority.

مسولیت‌های او با یکی از اختیارانس متناسب بود

He was one of the first to be approached by several outsiders.

او یکی از اولین کسانی بود که چندین فرد خارجی به او مراجعه کردند

They took advantage of the convocation to offer questions.

آنها از فرصت استفاده کردند و سوالات خود را مطرح کردند

They hoped for correct answering from an expert.

آنها انتظار داشتند که یک متخصص پاسخ صحیحی بدهد

They each had very peculiar types of problems.

هر کدام از آنها انواع بسیار عجیبی از مشکلات را داشتند

And they required very different types of solutions.

و آنها به انواع بسیار متفاوتی از راه‌حل‌ها نیاز داشتند

The chief of these was a common-looking middle-aged man.

رییس اینها مردی میانسال با قیافه‌ای معمولی بود

And he quickly became the meeting's focus of interest.

و او به سرعت به کانون توجه جلسه تبدیل شد

***

He had traveled to St. Louis all the way from New Orleans.

او تمام راه را از نیواورلئان تا سنت لوییس طی کرده بود

He had come to the meeting for special information.

او برای اطلاعات ویژه به جلسه آمده بود

Knowledge that could not be unobtained from local source.

دانسی که نمی‌بوایست ار مابع محلی به دس بیاید

His name was John Raymond Legrasse, police inspector.

نام او جان ریموبد لکراس، باررس پلیس بود

He bore with him the mysterious subject of his inquiries.

او موصوع مرمور نحمیفایس را با حود حمل می‌کرد

A grotesque and apparently very ancient stone statuette.

یک ندیس سکی عجیب و عریب و طاهراً بسیار باسای

A statuette whose origin no one had been able to determine.

مجسمه‌ای که هیچ‌کس نوابسه بود مساً آن را مسحص کد

But don't assume Inspector Legrasse was an archeologist. .

اما فرص نکید که باررس لکراس باسارسناس بوده اس

He had very little interest in archeology, nor mythology.

او علاقه‌ی بسیار کمی به باسارسناسی و اسطوره‌سناسی داس

His wish for enlightenment had rather different
motivations.

آرروی او برای روس‌بیبی انکیره‌های سبباً مساویی داس

He was prompted to come by purely professional
considerations.

او صرفاً به دلایل حرفه‌ای به این کار نرعیب سد

The statuette had been captured as part of a police raid.

این مجسمه در جریان یک حمله پلیس صبط سده بود

Although whether it was even a statuette wasn't determined.

اکرچه ایبکه آیا این حبی یک مجسمه بود یا نه، مسحص سد

It could also have been an idol, magic fetish, or charm.

همچبین می‌نوابسه یک بب، طلسم جادویی یا طلسم باسد

Whatever it was, it had been captured some months
previously.

هر چه بود، چند ماه پیس دسکیر سده بود

A meeting was being held in the wooded swamps of New
Orleans.

جلسه‌ای در مرداب‌های جنگلی نیواورلئان در حال برگزاری بود

The police had been tipped of about a supposed voodoo
meeting.

پلیس از یک جلسه‌ی ظاهراً جادوگری مطلع شده بود

Strange and hideous rites connected with the voodoo circle.

آیین‌های عجیب و سیع مرتبط با حلقه‌ی وودو

The police could not but realize what they.had stumbled on.

پلیس نمی‌توانست از فهمیدن اینکه با چه چیزی روبرو شده‌اند، دست
بردارد

A dark cult previously totally unknown to the authorities... .

فرقه‌ای تاریک که پیش از این کاملا برای مقامات ناساحه بود

Infinitely more sinister than what an outsider could expect.

بی‌نهایت شومتر از آن چیزی که یک فرد خارجی می‌تواند انطار داشه
باسد

More diabolic than the blackest of the African voodoo
circles.

سیطانی‌تر از سیاه‌ترین حلقه‌های وودو آفریقایی

Unbelievable tales were extorted from the captured cult
members..

داستان‌های باورنکردنی از اعضای فرقه دستگیر شده به زور گرفته می‌سد

But nothing of the relic's origin could be discovered.

اما هیچ چیز از مسأ این یادگار کسف سد

Hence the anxiety of the police for any antiquarian lore.

از این رو، پلیس نگران هرگونه افسانه و افسانه‌ی عتیقه‌جات است

Ancient mythology might explain the frightful symbol.

اساطیر باستانی ممکن است این نماد ترساک را توصیح دهد

Deeper knowledge could perhaps track the fountain-head.

ساید دانس عمیق‌تر بتواند سرچشمه را ردیابی کند

Inspector Legrasse was not prepared for the excitement he
created.

باررس لکَراس برای هیجانی که ایجاد کرده بود آماده نبود

One sight of the mysterious object was all that was required.

سها یک نکاه به آن سیء مرمور کافی بود

The assembled men of science were filled with curiosity.

داسمدان حاصر در جلسه سرسار ار کنجکاوی بودند

They lost no time in crowding closely around.the.inspector.

آنها بدون اتلاف وقت دور باررس جمع سدند

And they all tried to get the best look at the diminutive
figure.

و همه آنها سعی کردند بهـریں نکَاه را به آن هیکل کوچک داسه باسد

***

The genuinely abysmal antiquity inspired wild imagination.

قدمب بهراسیی وصفناپدیرس، نحیلِ وحسی را برمیانکیرد

The strangeness hinted so potently at unopened and archaic
vistas.

این عرابب به سدب به مناطر بکر و باسانی اساره داس

No recognized school of sculpture had animated this terrible
object.

هیچ مکـب مجسمهساری ساحـهسدهای این سیء وحسـاک را به نصویر

نکسیده بود

Yet centuries seemed recorded in the dim and greenish
surface.

با این حال، به نطر میرسید قرنها در سطح کمنور و سبررنک نب سده

اسب

Perhaps thousands of years were hidden in this unplaceable
stone.

ساید هراران سال در این سکَ بیجایکَاه پهان سده بود

The figurine was finally passed slowly from man to man.

این مجسمه سرانجام به آرامی از مردی به مرد دیکر مسفل سد

Each scientist carefully studied the strange markings of the
stone.

هر داسمدی با دقت علائم عجیب سنگ را بررسی کرد

The work was between seven and eight inches in height.

ارتفاع کار بین هفت تا هست اینچ بود

And the exquisite artistic workmanship must be noted.

و باید به ظرافت و زیبایی کار هری اساره کرد

The carvings represented a monster of vaguely anthropoid
outline.

این کنده‌کاری‌ها هیولایی با طرح مبهم اسان‌نما را نسان می‌دادند

On the face of the octopus-esque head was a mass of feelers.

روی صورت هست‌پا - ماندس، انبوهی از حسکرها قرار داست

Prodigious claws on hind and fore feet protruded from the
body.

چنگال‌های سکف‌انکیر روی پاهای عقب و جلویس از بدن بیرون رده
بودند

The bloated corpulence had a rubbery looking quality to it.

این فربهی بادکرده، حالتی لاسیکی مانند به آن داده بود

And from behind the rubbery body came out two narrow
wings.

و از پس بدن لاسیکی دو بال باریک بیرون آمد

It would be instinctual to think of this thing as fearsome.

عریری است که این چیر را ترساک بدانیم

There was an unnatural malignancy to the aura of the
creature.

نوعی بدحیمی غیرطبیعی در هاله آن موجود وجود داست

The gargantuan squatted evilly on a rectangular block.

آن عول عظیم الجنه با حالتی سیطانی روی یک بلوک مسطیل سکل
چمبانمه رده بود

The pedestal it was on was covered with undecipherable characters.

پایه‌ای که روی آن بود، پوسیده ار حروف ناخوانا بود

The tips of the wings touched the back edge of the block.

نوک بال‌ها به لبه پسی بلوک می‌رسید

The creature was sitting on the middle of the giant block.

آن موجود روی وسط آن بلوک عول‌پیکر سسسه بود

Its legs were doubled up under its monstrous body.

پاهایس رير بدن عول‌پیکرس دولا سده بودند

The long, curved claws gripped the front edge of the cliff.

چنگال‌های بلند و حمیده، لبه‌ی جلویی صحره را محکم کرفه بودند

The cephalopod head was bent forward, observing its kingdom.

سر سرپایان به جلو حم سده بود و قلمرو حود را نماسا می‌کرد

The ends of the facial feelers brushed the backs of huge forepaws.

انهای ساحک‌های صورب، پس پنجه‌های جلویی عطیم را لمس می‌کردند

And the forepaws clasped the croucher's elevated knees.

و پنجه‌های جلویی، رانوهای بلند سده‌ی مرد چمبانمه رده را کرفسد

The appearance of the grotesque scene was abnormally lifelike.

طاهر این صحنه‌ی عجیب و عریب به طرر عیرعادی واقعی به نطر می‌رسید

But this lifelike quality only added a subtle reason to be more fearful.

اما این کیفیب رنده، نها دلیل نامحسوسی برای نرسیدن بیسر اصافه می‌کرد

Because we knew nothing about the source of the depiction.

چون ما ار منبع نصویر چیری نمی‌دانستیم

The creature's vast, awesome, and incalculable age was unmistakable.

سِ عطیم، سکَّه‌انکَیر و غیرقابل محاسبه‌ی این موجود، غیرقابل انکار بود

But not one link did the depiction show with any known type of art.

اما این تصویر هیچ ارتباطی با هیچ نوع اثر هنری ساخته‌شده‌ای نشان نداد

Not even the earliest civilizations made reference to this creature.

حتی قدیمی‌ترین تمدن‌ها هم به این موجود اشاره‌ای نکرده‌اند

But that is not the only point at which our knowledge failed us.

اما این تنها نکته‌ای نیست که دانش ما در آن ناکام مانده است

***

The mineralogy of the stone was also a complete mystery.

کانی‌شناسی سنگ نیز یک راز کامل بود

Gold specks dotted the soapy, greenish-black stone.

لکه‌های طلا، سنگ صابونی و سبز-سیاه را نقطه نقطه کرده بودند

Iridescent striations ran along the length of the stone.

خطوط رنگین کمانی در امتداد طول سنگ امتداد داشتند

In short, the stone resembled nothing within mineralogy.

خلاصه اینکه، این سنگ از نظر کانی‌شناسی هیچ شباهتی به هیچ چیز نداشت

Geologists hadn't been able to identify the stone either.

زمین‌شناسان هم نتوانسته بودند این سنگ را شناسایی کنند

The hieroglyphs along the stone were equally baffling.

هیروگلیف‌های کنار سنگ هم به همان اندازه گیج‌کننده بودند

The writing system was horribly different than other scripts.

سیستم نوشتاری آن به طرز وحشتناکی با سایر اسکریپت‌ها متفاوت بود

A representation of half the world's leading experts was present.

نمایده‌ای از نیمی از محصصان برجسه جهان حضور داس

But no link to any known writing system could be established.

اما هیچ ارتباطی با هیچ سیسم نوساری ساحه‌سده‌ای یافب سد

Everything frightfully suggested an old and unhallowed cycle of life.

همه چیر به طرر وحسساکی یادآور یک چرحه قدیمی و نامقدس از رندکی بود

A history in which our world and our conceptions played no part.

ناریحی که جهان و نصوراب ما در آن نقسی نداسد

The experts shook their heads, admitting they had been defeated.

کارساساں سرساں را نکاں دادد و پدیرفسد که سکسب حورده‌اند

But one expert did not give up quite so quickly.

اما یک محصص به این رودی‌ها نسلیم سد

He claimed to have a touch of bizarre familiarity with the subject.

او ادعا می‌کرد که آسایی عجیبی با این موصوع دارد

The monstrous shape and writing weren't entirely new to him.

آں سکل و نوسه‌ی هیولاوار برایس کاملاً نارکَی نداس

With some diffidence he told of the odd trifle he knew.

با کمی حجالب، از چیرهای بی‌اهمیی که می‌داسب، کفب

This person was the late William Channing Webb.

این سحص مرحوم ویلیک چاییک وب بود

He was professor of anthropology in Princeton University.

او اساد اساں‌ساسی در داسکاه پریسسوں بود

And he was an explorer of no small significance.

و او کاوسکری بود که اهمیب چدایی نداسب

***

Forty-eight years ago he was exploring Greenland and
Iceland.

چهل و هشت سال پیس او در حال کاوس در کَریبلد و ایسلد بود

His group were in search of some Runic inscriptions.

کَروه او در جسجوی کیبیه‌های رونی بودند

But the expedition failed to unearth any inscriptions.

اما این کاوس سوانسب هیچ کیبیه‌ای را ار ریر حاک بیروں بیاورد

They trekked the heights of West Greenland's coasts.

آبها اربماعاب سواحل عرب کریبلد را پیمودند

Here they encountered a strange cult of degenerate Eskimos.

در ایبجا آبها با فرقه عجیبی ار اسکیموهای محرف روبرو سدند

Their religion consisted of a form of devil-worship.

دیں آبها سامل نوعی سیطاں پرسی بود

And their rituals were deliberately bloodthirsty and
repulsive.

و آبیس‌های آبها عمداً حویس و نفرت‌انکَیر بود

It was a faith of which other Eskimos knew little.

ایں دیی بود که دیکر اسکیموها اطلاعاب کمی ار آں داسبد

Locals shuddered at the mention of their practices.

مردم محلی با سیدں بأم ایں رسم و رسوماب به حود می‌لرریدبد

They said their believes came from horribly ancient eons.

آبها کهبد که باورهایساں ار اعصار بسیار کهں آمده اسب

A time before the world as we know it now had ever been
made.

رمانی پیس ار آبکه جهانی که اکوں می‌سّاسیم، آفریده سده باسد

There were human sacrifices and queer hereditary rituals.

فربانی‌های اسانی و آیبس‌های موروبی عجیب و عریب وجود داسب

And all their worship was directed at a supreme tornasuk.

و تمام پرستش آنها معطوف به یک نورباسوک (الهه) برتر بود

Professor Webb had taken a phonetic copy from an aged
angekok.

پروفسور وب یک نسخه فونتیک از یک آنکوک (نوعی سک) مس
برداسته بود

He had transcribed the wizard-priest's chants as best he
could.

او سرودهای کاهن-جادوگر را تا جایی که می‌توانست رونویسی کرده بود

But currently these transcriptions weren't of prime
significance.

اما در حال حاضر این رونوشت‌ها اهمیت چندانی نداشتد

The cult had a cherished stone that they worshipped.

این فرقه سکی مقدس داشت که آن را می‌پرستیدند

They danced wildly when the aurora leaped over the ice
cliffs.

وقتی شفق قطبی از بالای صخره‌های یخی می‌پرید، آنها دیوانه‌وار
می‌رقصیدند

And in the midst of their dance was the strange stone.

و در میان رقص آنها سک عجیب بود

It was, the professor stated, a very crude bas-relief of stone.

اساد اطهار داشت که این یک نقش برجسته سکی بسیار خام بود

The stone comprised a hideous picture and some cryptic
writing.

این سک شامل یک تصویر وحشتناک و نوسه‌های رمزآلود بود

And as far as he could tell this stone was a rough parallel.

و تا جایی که او می‌توانست تشخیص دهد، این سک تقریباً مشابه آن بود

The stone had all the same essential features of bestial
things.

آن سک تمام ویژگی‌های اساسی چیزهای حیوانی را داشت

The scientists received this data with suspense and
astonishment.

دانشمندان این داده‌ها را با سکّمی و تردید دریافت کردند

Even Inspector Legrasse had quickly gained an interest in mythology.
حتی بازرس لکراس هم خیلی زود به اسطوره‌شناسی علاقه پیدا کرده بود

And he began at once to ply his informant with questions.
و او بی‌درنگ شروع به پرسیدن سوالات از خبرچین خود کرد

He had notes of the oral ritual of the cult-worshipers in the swamp.
او یادداشت‌هایی از آیین شفاهی پرستش‌کنندگان فرقه در باتلاق داشت

He besought the professor to remember the diabolist Eskimos' chants.
او از استاد التماس کرد که سرودهای شیطانی اسکیموها را به خاطر بسپارد

There then followed an exhaustive comparison of details.
سپس مقایسه‌ای جامع از جزییات انجام شد

And there then followed a moment of really awed silence.
و سپس لحظه‌ای از سکوت واقعاً حیرت‌انگیز فرا رسید

The Eskimo wizards and the Louisiana swamp-priests were worlds apart.
جادوگران اسکیمو و کاهنان مرداب لوییزیانا، دنیایی کاملاً متفاوت بودند

And yet there was a phrase the two hellish rituals had in common.
و با این حال، عبارتی وجود داشت که بین دو آیین جهنمی مشترک بود

"Ph'nglui mglw'nafh Cthulhu R'lyeh wgah'nagl fhtagn."
«فنگلوی مگلونفه چتله رلیه وکاهنأل فهتعن».

***

Legrasse had one advantage over Professor Webb.
لکراس یک مزیت نسبت به پروفسور وب داشت

He had spoken to several of his mongrel prisoners.

او با چند نفر از ردایان دورکه‌اس صحبت کرده بود

Some of them had passed on the phrase's meaning.

بعضی از آنها معنی عبارت را منتقل کرده بودند

"In his house at R'lyeh dead Cthulhu waits dreaming."

»در خانه‌اش در ریلای، کوتولهوی مرده در خواب منتظر است«

So the attention turned back to Inspector Legrasse.

بنابراین توجه دوباره به بازرس لکراس معطوف شد

And he was probed with many disconnected questions.

و او با سوالات نامربوط زیادی مورد بازجویی قرار گرفت

He detailed his experience with the worshipers from the swamp.

او تجربه خود را با عبادت‌کنندگان از باتلاق به تفصیل شرح داد

My uncle attached profound significance to the story.

عمویم اهمیت عمیقی برای این داستان قائل بود

The report savored of the wildest dreams of myth-makers.

این گزارش، سرشار از خیال‌پردازی‌های افسانه‌پردازان بود

Theosophists could not have provided more imagination.

تئوسوفیست‌ها نمی‌توانستند تخیل بیشتری ارائه دهند

But the philosophies came from unexpected sources.

اما این فلسفه‌ها از منابع غیرمنتظره‌ای سرچشمه می‌گرفت

Half-castes and pariahs told these fantastical stories.

دورگه‌ها و مطرودان این داستان‌های خیالی را تعریف می‌کردند

On November 1st, 1907, his chain of events unfolded.

در اول نوامبر ۱۹۰۷، زنجیره‌ی وقایع او آشکار شد

The New Orleans police received desperate calls.

پلیس نیواورلئان تماس‌های ناامیدکننده‌ای دریافت کرد

They were called to the swamp and lagoon country to the south.

آنها به سرزمین باتلاقی و تالابی در جنوب فراخوانده شدند

The settlers there were mostly primitive, but good-natured.

مهاجران آنجا عمدتاً بدوی، اما خوش‌قلب بودند

Most living by the swamp were descendants of Lafitte's
men.

بیسر کسانی که در کنار باتلاق زندگی می‌کردند، نوادگان افراد لافیت
بودند

But now they were in the grip of stark terror.

اما اکنون آنها در چنگال وحشتی هولناک گرفتار شده بودند

An unknown thing had stolen upon them in the night.

چیزی ناساخته، شبانه آنها را دردیده بود

It was voodoo, apparently, that caused the disturbance.

ظاهراً وودو بود که باعث این آشفتگی شد

But it was a voodoo unlike the other forms of voodoo.

اما این یک وودو بود، برخلاف سایر اسکال وودو

Voodoo of a more terrible sort than they had ever known.

وودویی وحشتناک‌تر از آنچه که تا به حال ساحته بودند

Some of their women and children had disappeared.

برخی از زنان و کودکانسان ناپدید شده بودند

A malevolent drumming had begun its incessant beating.

طبل‌های بدحواهانه بی‌وقفه سروع به کوبیدن کرده بودند

Far and deep within those dark, black haunted woods.

در اعماق آن جنگل‌های تاریک و سیاه حالی از سکه

There, where no dweller dared to ventured close to.

جایی که هیچ ساکنی جرات نزدیک سدن به آن را نداست

There were insane shouts and harrowing screams.

فریادهای دیوانه‌وار و جیغ‌های دلحراس به کوس می‌رسید

Soul-chilling chants and dancing devil-flames.

سرودهای روح‌حراس و سعله‌های رقصان سیطان

The messenger and his people could stand it no more.

رسول و قومش دیکر نواسند نحمل کند

A body of twenty police set out in the late afternoon.

یک کروه بیست نفره از پلیس‌ها اواحر بعدازطهر راه افنادند

And a shivering settler came with them as a guide.

و یک مهاجر لرزان به عنوان راهنما با آنها آمد

***

At the end of the passable road they alighted...
در انتهای جاده‌ی قابل عبور، پیاده شدند

For miles and miles they splashed on in silence.
کیلومترها و کیلومترها، آنها در سکوت به راه خود ادامه دادند

And they went on through the terrible cypress woods.
و آنها از میان جنگل‌های وحشتناک سرو عبور کردند

Dark, dark woods in which day but almost never came.
جنگل‌های تاریک، تاریک، روزی که تقریباً هرگز از راه نرسید

Ugly roots set traps for them in the wet ground.
ریشه‌های زشت در زمین مرطوب برایشان تله می‌گذارند

Malignant hanging nooses of Spanish moss beset them.
طناب‌های آویزان و بدخیم خزه اسپانیایی آنها را احاطه کرده بود

In the distance the settlement slowly came into sight.
در دوردست، آبادی کم کم نمایان شد

Hysterical dwellers ran out of the miserable huts.
ساکنان وحشت‌زده از کلبه‌های فلاکت‌بار بیرون دویدند

They clustered around the group of bobbing lanterns.
آنها دور گروه فانوس‌های در حال حرکت جمع شدند

Far, far ahead the cause of all the fear could be heard.
خیلی خیلی جلوتر، علت تمام ترس‌ها را می‌شد شنید

The muffled beat of drums was now faintly audible.
حالا صدای خفه و گرفته‌ی طبل‌ها به سختی شنیده می‌شد

At times the wind shifted and revealed different sounds.
گاهی اوقات باد تغییر جهت می‌داد و صداهای مختلفی را آشکار می‌کرد

Curdling shrieks were audible at infrequent intervals.
جیغ‌های کردل در فواصل زمانی نادر به گوش می‌رسید

A reddish glare seemed to filter through the undergrowth.

به نظر می‌رسید که نوری سرخ‌فام از میان بوته‌ها به درون می‌تابید

The settlers were reluctant to be left alone again.

مهاجران تمایلی نداشتند که دوباره تنها گذاشته شوند

But they point blank refused to move forwards either.

اما آنها هم رک و پوست کنده از پیش‌روی خودداری کردند

So the inspector and his colleagues plunged on unguided.

بنابراین بازرس و همکاراش بدون هیچ راهنمایی وارد عمل شدند

And they went into the black arcades of horror.

و آنها به دالان‌های تاریک وحشت رفتند

The region was one of traditionally evil repute.

این منطقه از دیرباز به عنوان منطقه‌ای شرور شناخته می‌شد

The lands were substantially unknown by white men.

این سرزمین‌ها اساساً برای مردان سفیدپوست ناشناخته بودند

Not many explorers had traversed those regions yet.

هنوز کاوشگران زیادی از آن مناطق عبور نکرده بودند

There were also legends of a hidden away lake.

همچنین افسانه‌هایی در مورد یک دریاچه پنهان وجود داشت

A body of water still unglimpsed by mortal sight.

پهنه‌ای از آب که هنوز از دیدگان فانی پنهان مانده است

In the lake it was said there dwelt a strange creature.

گفته می‌شد که در دریاچه موجود عجیبی زندگی می‌کند

A huge, formless white polypous thing with luminous eye.

پلیپ سفید بزرگ و بی‌شکل با چشمی درخشان

And settlers whispered about bat-winged devils.

و مهاجران درباره شیاطین بالدار حماسی زمزمه می‌کردند

They flew up out of caverns from the inner earth.

آنها از غارهای درون زمین به بیرون پرواز کردند

And together the demons worship it at midnight.

و شیاطین با هم نیمه شب آن را پرستش می‌کند

They said it had been there before D'Iberville.

آنها گَفتند که قبل ار دی ایبرویل آنجا بوده اسب

They said it had been there before La Salle too.

آنها گَفتند که قبل ار لا سال هم آنجا بوده اس

They said it was there before the Native Americans.

آنها گَفتند که قبل ار بومیان آمریکا آنجا بوده اس

Perhaps it was even there before the wholesome beasts.

ساید حنی قبل ار جانوران سالم هم آنجا بوده اس

It was a nightmare itself that made men dream.

این حود کابوسی بود که مردان را به رویا می‌انداحب

And to see the thing was the same as death.

و دیدن آن چیر مساوی با مرک بود

And so they had enough warning to know to keep away.

و بنابراین آنها به اندازه کافی هسدار داسند که بداند و ار آنجا دور
بماسد

Because it was indeed where they were warned it was.

چون واقعاً همان جایی بود که به آنها هسدار داده سده بود

The voodoo orgy was on the fringe of this abhorred area.

جس و سرور وودو در حاسیه‌ی این منطقه‌ی نفرب‌انکیر بود

But the location was already bad enough by itself.

اما حود مکان هم به اندازه کافی بد بود

The voodoo activities only added to the horror.

فعالیب‌های وودو فقط به وحسب افرود

Perhaps poetry could do justice to the noises heard.

ساید سعر می نواسب حق مطلب را در مورد صداهای سیده سده ادا کد

Otherwise only madness would help one understand.

وکرنه فقط دیوانکی می‌نواند به آدم کمک کند با بعهمد

But Legrasse's plowed on through the black morass.

اما لکراس به راهس در میان باتلاق سیاه ادامه داده اس

The sound of the muffled drumming slowly crystalized.

صدای حفه‌ی طبل‌ها کم‌کم به بلور نبدیل سد

And they continued steadily towards the red glare.

و آنها به طور پیوسته به سمت تابش قرمز ادامه دادند

***

There are vocal qualities specific to men.
ویرگی‌های صوتی خاصی محض مردان وجود دارد

And there are vocal qualities specific to beasts.
و ویرگی‌های صوتی خاصی محض حیوانات وجود دارد

It is terrible when one makes the sounds of the other.
حیلی وحشتناکه وقتی یکی صدای اون یکی رو درمیاره

Animal fury freed them of their human restraint.
حسم حیوانی آنها را از قید و بند انسانی‌سان آزاد کرد

Orgiastic license whipped them into demoniac heights.
بی‌بندوباری و سهوت‌رانی آنها را به اوج جنون رساند

Howls that tore through those perpetually dark woods.
روره‌هایی که در میان آن جنگل‌های همیسه تاریک می‌پیچید

Squawking ecstasies that echoed in everyone's mind.
صدای حرحر و سرحوسی که در دهن همه طنین‌انداز می‌سد

Sounds like pestilential tempests from the gulfs of hell.
صدایی سبیه طوفان‌های طاعون‌را از اعماق جهنم

Now and then the less organized ululations would cease.
هر از گاهی فریادهای نه چندان منطم قطع می‌سد

A well-drilled chorus of hoarse voices rose in singsong.
صدای حس‌دار و کوس‌حراس همحوانی حساب‌سده‌ای با هم برحاست

And they chanted that hideous phrase of their ritual.
و آنها آن عبارت سبیع آیین حود را زمزمه می‌کردند

"Ph'nglui mglw'nafh Cthulhu R'lyeh wgah'nagl fhtagn"
«فنکلوی » مکلو'نافه کاتولو ریلیه وکاه ناکل فتکن"

Then the men reached a spot where the trees were sparser.
سپس مردان به جایی رسیدند که درحتان تنکتر بودند

Suddenly they come in sight of the spectacle itself.

ناگهان آنها خود منظره را می‌بیند

Four of them reeled from the horrible things they saw.

چهار نفر از آنها از دیدن چیزهای وحشناکی که دیده بودند، گیج شده بودند

One man fainted, and two were shaken into a frantic cry.

یک مرد غش کرد و دو نفر دیگر با فریادهای دیوانه‌وار از جا پریدند

Fortunately their screams were not heard by other.ears.

خوشبختانه فریادهای آنها توسط گوش‌های دیگر شنیده نشد

The mad cacophony of the orgy deadened their screams.

صدای ناهنجار و دیوانه‌وار مجلس عیش و نوش، فریادهایشان را خفه می‌کرد

Legrasse splashed swamp water on the fainting man.

لگراس آب مرداب را روی مرد در حال غش پاشید

They stood up again, but nearly hypnotized with horror.

آنها دوباره بلند شدند، اما تقریباً از وحشت مسحور شده بودند

In a natural glade of the swamp stood a grassy island.

در میان بیشه‌ای طبیعی از باتلاق، جزیره‌ای پوشیده از علف قرار داشت

The grassy island extended perhaps for an acre.

جزیره‌ی پوشیده از علف شاید به اندازه‌ی یک جریب امتداد داشت

And the area was clear of.trees and tolerably dry.

و آن منطقه عاری از درخت و به طور قابل قبولی خشک بود

A horde of human abnormality leaped and twisted.

انبوهی از ناهنجاری‌های انسانی به پرواز درآمدند و پیچ و تاب خوردند

No Sime could paint what the men were seeing.

هیچ سیمه‌ای نمی‌توانست آنچه را که مردان می‌دیدند، نقاشی کند

No Angarola has ever painted such an indescribable scene.

هیچ آنگارولایی تا به حال چنین صحنه‌ی غیرقابل توصیفی را نقاشی نکرده است

The hybrid spawn made a monstrous ring-shaped bonfire.

نحم‌های هیبرید، آتس حلقه‌ای سکل و عطیمی درست کردند

They brayed bellowed and writhed about in their nudity.
آنها عرعر می‌کردند، نعره می‌ردند و در برهنگی خود به خود می‌پیچیدند

Occasionally there were rifts in the curtain of flame.
گاهی اوفاب سکاف‌هایی در پرده آتس وجود داسب

And there the object of their worship revealed itself.
و در آنجا، هدف پرستس آنها آسکار سد

In the midst of the fire stood a great granite monolith.
در میان آتس، یک سک یکپارچه کرانیسی بزرک فرار داسب

The stone structure was only about eight feet in height.
ساره سکی نها حدود هسب فوب ارنفاع داسب

And the noxious carven statuette rested on the monolith.
و ندیس کوچک مصر نراسیده سده روی سک یکپارچه فرار داسب

The idle was almost incongruous in its diminutiveness.
آدم بیکاره ار نطر کوچکی نعریبا نامنجانس بود

Spaced evenly, scaffolds had been erected around the fire.
داربست‌هایی با فاصله مساوی ار هم، دور آتس برپا سده بودند

From the scaffolding hung a number of marred bodies.
ار داربست‌ها نعدادی جسد آسیب‌دیده آویران بود

The bodies of those that had disappeared from nearby.
اجساد کسانی که ار همان نردیکی ناپدید سده بودند

It was inside this circle the ring of worshipers were.
درون این دایره، حلقه‌ی عبادت‌کندکان فرار داسب

And they roared and jumped in the frantic trance.
و آنها عریدند و در حلسه‌ای دیوانه‌وار بالا و پاییں پریدند

The general direction of the motion was anti-clockwise.
جهب کلی حرکب حلاف جهب عمربه‌های ساعب بود

The ring of bodies circling around the ring of fire.
حلقه‌ای ار اجساد که به دور حلقه آتس می‌چرحد

One man recollected other details even more concerning.
مردی جرنیات دیکری را به یاد آورد که حنی نکران‌کسده‌نر بود

But perhaps the echoes induced him to hear other things.

اما شاید پرواک ها او را وادار به سیدن چیرهای دیگری کرده بودند

He fancied he heard antiphonal responses to the ritual.

او خیال می‌کرد که پاسخ‌های مسافصی به این آیین سیده است

Noises from an unillumined spot deeper within the woods.

صداهایی ار نقطه‌ای ناریک در اعماق جنکل

This man, Joseph D. Galvez, I later met and questioned.

این مرد، جورف دی کالور، را بعدأ ملاقات کردم و ار او بارجویی کردم

And he proved to indeed be distractingly imaginative.

و او واقعا نابب کرد که به طرر کیج‌کسده‌ای حیال‌پردار است

He even hinted at the faint beating of great wings.

او حسی به صدای صعیف بال ردن پرنده‌ای بررک اساره کرد

And he suggested there was a glimpse of shining eyes.

و او اطهار داست که نکاهی اجمالی به چسمان درحسان وجود داسه
است

And beyond the trees, a mountainous white bulk of something.

و آن سوی درحسان، نوده‌ای سفید و کوهسانی ار چیری

I suppose he had heard too much native superstition.

کمان می‌کنم او حرافات بومی ریادی سیده بود

But actually the horrified pause was relatively brief.

اما در واقع آن مکب وحسردده سبنأ کوناه بود

Duty came first, and they had come to do a job.

وطیفه حرف اول را می‌رد، و آنها آمده بودند که کاری انجام دهد

***

There must have been nearly a hundred mongrel celebrants.

باید نردیک به صد نفر ار سرکب کسدکان در این جسن دورکه حصور
داسه باسد

But the police were able to rely on their firearms.

اما پلیس توانست به سلاح گرم خود تکیه کند

And they plunged determinedly into the nauseous rout.

و آنها مصممانه در آن مسیر تهوع‌آور فرو رفتند

For five minutes the chaotic din was beyond description.

برای پنج دقیقه، آن همهمه و هرج و مرج غیرقابل توصیف بود

Wild blows were struck and shots were fired.

ضربات وحشیانه‌ای رده شد و گلوله‌ها شلیک شدند

Some escaped arrest by running into the darkness.

برخی با فرار به درون تاریکی از دستگیری فرار کردند

They had a better knowledge of the layout of the swamp.

آنها دانش بهتری از طرح باتلاق داشتند

But Legrasse and his men caught around half of them.

اما لگراس و افرادش حدود نیمی از آنها را دستگیر کردند

And they counted around forty-seven sullen prisoners.

و آنها حدود چهل و هفت زندانی اخمو را شمردند

They were forced to put on their clothes again.

آنها مجبور شدند دوباره لباس‌هایشان را بپوشند

And they fell into line between two rows of policemen.

و آنها بین دو ردیف پلیس به صف شدند

Five of the worshipers lay dead by the fire.

پنج نفر از نمازگزاران در کنار آتش مرده بودند

Two severely wounded prisoners were carried away.

دو زندانی که به شدت رحمی شده بودند، با خود برده شدند

Of course the image on the monolith was removed.

البته تصویر روی مونولیت حذف شد

Legrasse himself took the evidence to the police station.

لگراس خودش مدارک را به اداره پلیس برد

The trip back to the headquarters was of intense strain.

سفر برگشت به مقر فرماندهی بسیار طاقت‌فرسا بود

The men were examined when they got back to civilization.

این مردان وقتی به نمدن بارکشند، مورد معاینه قرار گرفتند

The prisoners all proved to be men of a very low type.
معلوم شد که همه زندانیان از طبقه بسیار پایین جامعه هستند

They were all mixed-blooded, and mentally aberrant.
همه آنها دورگه و از نظر ذهنی منحرف بودند

Most were seamen by trade, or some similar professions.
بیشتر آنها دریانورد بودند و سعلسان یا حرفه‌های مشابه دیگری داشتند

Negroes and mulattoes were sprinkled among them.
سیاه‌پوستان و دورگه‌ها هم در میان آنها پراکنده بودند

But most seemed to be West Indians or Brava Portuguese.
اما به نظر می‌رسید بیشتر آنها سرخپوستان عربی یا پرتغالی‌های براوا
باشند

They primarily came from the Cape Verde Islands.
آنها عمدتاً از جزایر کیپ ورد آمده بودند

They gave the heterogeneous cult a coloring of voodooism.
آنها به این فرقه ناهمگن، رنگی از وودوییسم بخشیدند

But there wasn't even a need to ask too many questions.
اما حتی نیازی به پرسیدن سوالات زیاد هم نبود

The conclusion quickly became manifest by itself.
نتیجه به سرعت خود را نشان داد

Something far deeper than negro fetishism was involved.
چیزی بسیار عمیق‌تر از فتیسیسم سیاه‌پوستان در میان بود

Although ignorant, but their story was consistent.
اگرچه جاهلانه، اما داستانشان مطابق بود

The creatures all spoke of the same central idea.
همه موجودات از یک ایده اصلی واحد صحبت می‌کردند

They certainly all shared the same loathsome faith.
بی‌شک همه آنها ایمان نفرت‌انگیز یکسانی داشتند

They worshiped, so they said, the great old ones.
آنها، به گفته خودشان، بزرگان قدیمی را می‌پرستیدند

The great old ones lived long before there were any men.

بزرگان قدیم مدت‌ها پیش از آنکه انسانی وجود داشته باشد، می‌رسید

And they came to the young world out of the sky.
و آنها از آسمان به دنیای جوان آمدند

Those old ones were now gone, they explained.
آنها توضیح دادند که آن قدیمی‌ها حالا رفته‌اند

They were now inside the earth and under the sea.
آنها اکنون درون زمین و زیر دریا بودند

But their dead bodies found ways to tell their secrets.
اما اجساد مردگانشان راه‌هایی برای فاش کردن اسرارشان پیدا کردند

They whispered into the dreams of the first men.
آنها در رویاهای نخستین انسان‌ها زمزمه می‌کردند

And the first men formed a cult which has never died.
و نخستین انسان‌ها آیینی را بنیان نهادند که هرگز از بین نرفته است

***

The cult had always existed, and always would exist.
این فرقه همیشه وجود داشته و همیشه نیز وجود خواهد داشت

Their followers were hidden in wastes all over the world.
پیروان آنها در سراسر جهان در مناطق بایر پنهان شده بودند

Their followers were in dark places explorers overlooked.
پیروان آنها در مکان‌های تاریکی بودند که کاوشگران از آنها غافل بودند

And they would remain hidden until they were called.
و آنها تا زمانی که فراخوانده شوند، پنهان می‌ماند

When the great priest Cthulhu rises again to the surface.
وقتی کاهن بزرگ کتولو دوباره به سطح زمین برمی‌خیزد

When Cthulhu brings the earth again beneath his sway.
وقتی که کتولهو زمین را دوباره زیر سلطه خود درآورد

When Cthulhu leaves from his dark house in the mighty city
of R'lyeh.

وقتی کتولو از خانه تاریک خود در شهر قدرتمند ریلایه خارج می‌شود

Some day he was going call, when the stars were ready.

روری که ستاره‌ها آماده بودند، او قرار بود به آنجا برود

And the secret cult will always be waiting to liberate him. .

و فرقه محفی همیشه منتظر خواهد بود تا او را آزاد کند

Meanwhile, no more of his story must be told. .

در این میان، دیگر نباید داستان او را تعریف کرد

There was a secret even torture could not extract.

راری وجود داست که حتی سکنجه هم نمی‌توانست آن را آشکار کند

Mankind was not alone among the conscious things of earth.

بشر در میان موجودات آگاه زمین تنها نبود

Because shapes came out of the dark to visit the faithful few.

ریرا اشکالی از تاریکی بیرون آمدند تا به دیدار معدود مومنان بروند

But these were not the great old ones.

اما ایها آن بزرگان قدیمی نبودند

No man had ever seen the great old ones.

هیچ مردی تا به حال پیرمردهای بزرگ را ندیده بود

The carven idol was of great Cthulhu.

بت تراشیده شده متعلق به کاتولوی بزرگ بود

None could say whether the others were like him.

هیچ کس نمی‌توانست بگوید که آیا دیگران هم مثل او هستند یا نه

No one could read the old writing now.

حالا هیچ‌کس نمی‌توانست نوسه‌های قدیمی را بخواند

Instead, things were told by word of mouth.

در عوص، مطالب به صورت سفاهی نقل می‌سد

The chanted ritual was not the secret.

راز این مراسم سرودخوانی نبود

The secret was never spoken aloud, only whispered.

این راز هرگز با صدای بلند گفته نسد، فقط زمزمه سد

The chant meant one thing, and one thing alone:

این سرود یک چیز، و تنها یک چیز، معنی می‌داد:

"In his house at R'lyeh dead Cthulhu waits dreaming."

»در خانه‌اش در ریلای، کوتولهوی مرده در خواب مسطر است«

Only two of the prisoners were found sane enough to be hanged.

تنها دو نفر از زندانیان به اندازه کافی عاقل تشخیص داده شدند که به دار آویخته شوند

The rest of them were committed to various institutions.

بقیه آنها به نهادهای مختلف سپهد بودند

All denied to have taken any part in the ritual murders.

همگی هرگونه مشارکت در قتل‌های آیینی را انکار کردند

They said the killing had been done by something else.

آنها گفتند که قتل توسط چیز دیگری انجام شده است

"The black-winged ones," the each insisted, separately.

هر کدام جداگانه اصرار کردند: »سیاه بال‌ها«

They had come to them from their immemorial meeting-place.

آنها از میعادگاه دیرینه‌سال به سوی آنها آمده بودند

They had arisen out from the haunted woodlands.

آنها از میان جنگل‌های جن‌زده برخاسته بودند

But the stories of mysterious allies were inconsistent.

اما داستان‌های متحدان مرموز متناقض بودند

***

What the police did extract came mainly from one man.

آنچه پلیس استخراج کرد عمدتاً از یک مرد بود

An immensely aged mestizo named Castro.

یک دورگه‌ی بسیار پیر به نام کاسترو

He claimed to have sailed to strange ports.

او ادعا کرد که به بنادر عجیب و غریب سفر کرده است

And he said he had been to the mountains of China.

و او گفت که به کوه‌های چین رفته است

There he talked with undying leaders of the cult.

در آنجا او با رهبران جاودان فرقه صحبت کرد

Old Castro remembered bits of hideous legend.

کاسروی پیر تکه‌هایی از افسانه‌های هولناک را به یاد آورد

His legends paled the speculations of theosophists.

افسانه‌های او، کمانه‌زنی‌های متکلمان را نقش بر آب کرد

His stories made man seem like a recent creation.

داستان‌های او انسان را همچون محلوقی تازه به نظر می‌رساند

Even the world was transient in his account of things.

حتی دنیا هم در روایت او از چیزها، گذرا بود

There had been eons when other Things ruled on the earth.

اعصار زیادی بوده که موجودات دیگری بر زمین حکومت می‌کرده‌اند

And they had had great cities here on the earth.

و آنها شهرهای بزرگی اینجا روی زمین داشتند

The deathless Chinamen told him reserved secrets.

مردان چینی نامیرا، رازهای پنهانی را به او گفتند

He had told him their ruins could still be found.

او به او گفته بود که هنور می‌توان ویرانه‌های آنها را پیدا کرد

There were still Cyclopean stones on islands in the Pacific.

هنوز سنگ‌های سیکلوپی در جزایر اقیانوس آرام وجود دارند

They all died vast epochs of time before man came.

همه آنها در اعصار بسیار دور، پیش از پیدایش انسان، مردند

But there were knowledges and practices in ancients arts.

اما در هنرهای باستانی دانش‌ها و اعمالی وجود داشته است

Special rituals which could revive them again, in time.

آیین‌های ویژه‌ای که می‌توانست آنها را دوباره، در طول زمان، احیا کند

In the cycle of eternity their return was inevitable.

در چرخه ابدیت، بازگشت آنها اجتناب‌ناپذیر بود

When the stars come round again to the right positions

وقتی ستاره‌ها دوباره در موقعیت درست خود قرار بگیرند

They had, indeed themselves come from the stars.

آنها، در واقع خودشان از ستاره‌ها آمده بودند

"These great old ones," Castro continued.

کاسرو ادامه داد: «این پیرمردهای بزرگ»

They were not composed entirely of flesh and blood.

آنها کاملا از گوشت و خون تشکیل شده بودند

They had shape," Castro insisted, confidently.

کاسرو با اطمینان اصرار کرد: «آنها شکل داستند»

And he had strange proof for what he believed.

و او برای آنچه باور داشت، دلیل عجیبی داشت

But the shape they took on was not made of matter.

اما شکلی که به خود گرفتند از ماده ساخته شده بود

When the stars were in their right positions.

وقتی ستاره‌ها در جای درست خود قرار گرفتند

Then they could plunge from one world to another.

سپس آنها می‌توانستند از یک جهان به جهان دیگر سرجه بزنند

Because they can move themselves through the sky.

زیرا آنها می‌توانستند خود را در آسمان حرکت دهند

But when the stars were wrong, they cannot live.

اما وقتی ستاره‌ها اشتباه می‌کردند، آنها نمی‌توانستند زنده بمانند

And it is true that they no longer live like we do.

و این درست است که آنها دیگر مثل ما زندگی نمی‌کند

But despite that, they never really die either.

اما با وجود این، آنها هرگز واقعاً نمی‌میرند

They rest in stone houses in their great city of R'lyeh.

آنها در خانه‌های سنگی در شهر بزرگشان، ریلایه، استراحت می‌کند

They are preserved by the spells of mighty Cthulhu.

آنها توسط طلسم‌های کاتولوی قدرتمند حفظ می‌سوند

So there they lie, unaffected by the passing of time.

بنابراین آنها آنجا درار کسیده‌اند، بی‌آنکه کَدست رمان بر آنها بأنیری
بکدارد

And they wait for another glorious resurrection.
و مسطر رساحیر باسکوه دیکری هسسد

When the stars and earth are ready for them again.
وقسی سارکان و رمین دوباره برای آنها آماده سوند

But they are still dependent on an outside force.
اما آنها هنور به یک نیروی حارجی وابسه هسسد

A force from outside served to liberate their bodies.
نیرویی ار بیرون، بدن‌هایسان را آراد کرد

The spells preserved them and kept them intact.
طلسم‌ها آنها را حمط کردند و سالم نکه داسسد

But the spells also kept them from breaking free.
اما طلسم‌ها همچیین مانع ار رهایی آنها می‌سدند

So they could only lie awake in the dark and think.
بنابراین آنها فقط می‌نواسسد در ناریکی بیدار بماسد و فکر کسد

***

In the meantime uncounted millions of years rolled by.
در این میان، میلیون‌ها سال بی‌سماری کدست

They knew all that was occurring in the universe.
آنها ار نمام انمافانی که در جهان رح می‌داد، آکاه بودند

Because their mode of speech was transmitted thought.
ریرا سیوه کممار آنها اندیسه را مسفل می‌کرد

Even now they were talking in their tombs.
حسی همین الان هم داسسد در معبره‌هایسان صحبت می‌کردند

Then, after infinities of chaos, the first men came.
سپس، پس ار بی‌نهایب هرج و مرج، اولین انسان‌ها ار راه رسیدند

The great old ones spoke to the sensitive among them.

بزرگان قدیمی با افراد حساس در میان آنها صحبت می‌کردند

They spoke to them by molding their dreams.
آنها با شکل دادن به رویاهایشان با آنها صحبت کردند

Only that way could their language reach the fleshly minds
of mammals.
تنها از این طریق بود که زبان آنها می‌توانست به ذهن جسمانی
پستانداران برسد

Then, whispered Castro, those first men formed the cult.
سپس، کاسترو زمزمه کرد، آن مردان اولیه فرقه را تشکیل دادند

They organized themselves around small idols.
آنها خود را دور بت‌های کوچک سازماندهی کردند

The small idols which the great ones had shown them.
بت‌های کوچکی که بزرگان به آنها نشان داده بودند

Idols brought from dim eras from dark stars.
بت‌هایی که از دوران‌های تاریک و از ستارگان تاریک آورده شده‌اند

That cult would never die till the stars came right again.
آن فرقه هرگز از بین نمی‌رفت تا زمانی که ستاره‌ها دوباره به درستی
برگردند

The secret priests were going to take great Cthulhu from His
tomb.
کاهنان مخفی قصد داشتند کثولهوی بزرگ را از مقبره‌اش بیرون بیاورند

And they were going to revive His subjects.
و آنها می‌خواستند مطیعان او را احیا کنند

And then Cthulhu was going to resume His rule of earth.
و سپس کثولو می‌خواست حکومت خود بر زمین را از سر بگیرد

The right time was going to reveal itself quite clearly.
زمان مناسب، خود را به روشنی آشکار می‌کرد

At that time mankind will have become as the great old
ones.
در آن زمان، نوع بشر مانند پیشینیان بزرگ خواهد شد

They will be free and wild and beyond good and evil.

آنها آزاد و وحشی و فراتر از خیر و شر خواهد بود

Laws and morals are going to be thrown aside.

قوانین و اخلاق به کناری گذاشته خواهد سد

All men will be shouting and killing and reveling in joy.

همه مردان فریاد خواهد زد و خواهد کست و ار سادی لدت خواهد برد

Then the liberated old ones will teach them the new ways.

آنگاه پیران آزاد سده، راه‌های جدید را به آنها خواهد آموحت

New ways to shout and kill and revel and enjoy.

راه‌های جدیدی برای فریاد ردن و کسن و سادی کردن و لدت بردن

And all the earth will flame with a holocaust of ecstasy and freedom.

و تمام رمین در آتس هولوکاستی ار وجد و آزادی خواهد سوحت

Meanwhile the cult had to practice the appropriate rites.

در همین حال، فرقه مجبور بود آیین‌های مناسب را اجرا کند

They had to keep alive the memory of those ancient ways.

آنها مجبور بودند یاد آن روس‌های باسانی را رنده نکه دارند

And they had to shadow forth the prophecy of their return.

و آنها مجبور بودند پیسکویی بارکست حود را به طور سایه به سایه پیس ببرند

In the elder time chosen men spoke with the entombed Old Ones.

در رمان‌های قدیم، مردان برکریده با قدیمی‌تریس‌های مدفون صحبت می‌کردند

The entombed Old Ones spoke to them in their dreams.

قدیمی‌های مدفون در حواب‌هایسان با آنها صحبت کردند

But then something disturbed their means of communication.

اما ناکهان چیری راه ارتباطی آنها را محتل کرد

The great stone in the city R'lyeh had sunk beneath the waves.

سک بررک سهر رالیه ریر امواج عرو سده بود

And the monoliths and sepulchers were beneath the waters.

و سک‌های یکپارچه و مقبره‌ها زیر آب بودند

Deep waters full of the one primal mystery.

آب‌های عمیق سرسار از یک راز ازلی

Waters through which not even thought can pass.

آب‌هایی که حتی فکر هم نمی‌تواند از آنها عبور کند

Water that cut off their spectral communication.

آبی که ارتباط طیفی آنها را قطع کرد

But the memory of the rites and rituals never died.

اما خاطره‌ی آیین‌ها و مراسم هرگز از بین نرفت

And high priests said that the.city would rise again.

و کاهنان اعظم گفتند که شهر دوباره قیام خواهد کرد

When the stars were right Cthulhu was going to return.

وقتی ستاره‌ها درست بودند، قرار بود کاتولو برگردد

The moldy black spirits of the earth will come out again.

ارواح سیاه و کپک‌کرده‌ی زمین دوباره بیرون خواهد آمد

Shadowy black spirits full of dim rumors.

ارواح سیاه سایه‌وار، پر از سایعات مبهم

***

The spirits collected in caverns beneath forgotten sea-
bottoms.

ارواحی که در غارهای زیر کف دریاهای فراموس‌سده جمع سده‌اند

But of those spirits old Castro dared not speak much.

اما کاسروی پیر جرأت نمی‌کرد زیاد از آن ارواح صحبت کند

And he hurriedly cut himself off from the topic.

و با عجله بحث را از موضوع اصلی جدا کرد

No amount of persuasion could elicit more in this direction.

هیچ میزان ترغیبی نمی‌تواند در این مسیر بیستر از این موثر باسد

No subtlety could convince him to speak of those spirits.

هیچ طرافی نمی ‌توانست او را مساعد کند که از آن ارواح صحبت کند

The size of the old ones, too, he curiously declined to mention.

او با کنجکاوی از ذکر اندازه قدیمی‌ها هم خودداری کرد

And of the cult he spoke very little too.

و درباره فرقه هم خیلی کم صحبت می‌کرد

He thought the center lay amid the pathless deserts of Arabia...

او فکر می‌کرد مرکز [جهان] در میان بیابان‌های بی‌راه عربستان قرار دارد

There in Irem, the City of Pillars, dreams hidden and untouched.

آنجا در ایرم، سهر ستون‌ها، رویاهایی پنهان و دست‌نخورده

This cult was not allied to the European witch-cult.

این فرقه با فرقه جادوگری اروپایی مربط نبود

And the cult was virtually unknown beyond its members.

و این فرقه عملا فراتر از اعضایس ناساحه بود

No book had ever really hinted of their knowledge.

هیچ کتابی تا به حال واقعا به داس آنها اساره نکرده بود

Though the deathless Chinamen said the mad Arab Abdul Alhazred came close.

اگرچه چیزی های جاودان کَسد که عرب دیوانه، عبدالحصرب، به آن نزدیک سده است

He said that there were double meanings in his Necronomicon.

او کَمت که در نکرونومیکون او معانی دوکانه‌ای وجود دارد

The initiated were free to read it if they wanted to.

افراد ناره وارد در صورت نمایل آراد بودند که آن را بخوانند

And they should pay attention to one couplet in particular.

و آنها باید به طور حاص به یک دوبیتی توجه کسد

"That which is not dead can sleep for eternity,"

«آنچه نمرده است، می‌تواند تا ابد بخوابد»

"And with strange eons even death may die."

»و با اعصار عجیب، حتی مرک هم ممکن است بمیرد«

Legrasse had been deeply impressed by what he heard.

لکَراس عمیقاً تحت تأثیر آنچه سیده بود قرار کرفمه بود

And he was not a little bewildered by the tale.

و او ار این داساں کمی کیج سده بود

He inquired in vain about the historic affiliations of the cult.

او بیهوده درباره وابسکی‌های ناریحی این فرقه پرس‌وجو کرد

Castro, apparently, had told the truth about the oath of secrecy.

طاهراً کاسرو در مورد سوکَد رازداری حمیمـ را کَمـه بود

The authorities at Tulane University could not offer much help either.

مسولیں داسکَاه نولیں هم نواسسـد کمک زیادی ارانه دهد

The were not able to shed no light upon neither cult, nor the image.

آنها نواسسـد نه بر فرقه و نه بر نصویر آں نوری بباباند

And now the detective had come to the highest authorities in the country.

و حالا کارآکَاه به بالاتریں معاماب کسور مراجعه کرده بود

And he heard none other than Professor Webb' tale in Greenland.

و او چیزی جر داساں پروفسور وب در کَریـلند نسید

***

Legrasse's tale aroused feverish interest at the meeting.

لکَراس نوجه پرسوری را در جلسه برانکیحـ

The story was not only significant in its implications.

ایں داساں نه نها ار نظر پیامدهایس فابل نوجه بود

But the story was also corroborated by the statuette.

اما این داستان توسط مجسمه تیر تأیید شد

The excitement echoed in the subsequent correspondence.
این سور و هیجان در مکاتبات بعدی تیر طنین‌دار شد

Those who attended stayed in close contact with each other.
کسانی که در آن سرک می‌کردند، ارتباط نردیکی با یکدیکر داستد

Although scant mention occurs in the formal publications.
اکرچه در سریات رسمی به ندرت به آن اساره می‌سود

Caution is the first care of those accustomed to charlatanry.
احیاط، اولین دعدعه‌ی کسانی است که به سارلاتان‌باری عادت دارند

Impostures are kept out as much as it is possible.
تا حد امکان از فریبکاری‌ها جلوکیری می‌سود

Legrasse for some time lent the image to Professor Webb.
لکراس مدتی نصویر را به پروفسور وب فرص داد

But at the latter's death the image was returned to him.
اما با مرک دومی، نصویر به او بارکردانده شد

And the image remains in Legrasse's possession.
و نصویر همچنان در احتیار لکراس است

This is where I viewed the terrible image not long ago.
اینجا جایی است که چندی پیس آن نصویر وحستاک را دیدم

The image is unmistakably akin to Wilcox' dream-sculpture.
این نصویر بی‌سک سبیه به مجسمه رویایی ویلکاکس است

It was no wonder my uncle was so excited by his tale.
جای نعجب نبود که عمویم از داستان او اینقدر هیجان‌زده سده بود

And I'm not surprised he made the efforts he made.
و من از تلاس‌هایی که او انجام داد نعجب نمی‌کنم

He had heard everything Legrasse knew of the cult.
لکراس درباره فرقه می‌دانست را سنیده بود

And the strange cultish dreams of a sensitive young man.
و رویاهای عجیب و عریب فرقه‌ای یک مرد جوان حساس

The bas-relief just like the one from the swamp.
نقس برجسته درست مثل نقس برجسته‌ی مرداب

The addition of the devil tablet in Greenland.

اضافه سدں لوح سیطاں در کریںلد

The exact same words used in three remote occurrences.

دقیقاً همان کلمات در سه مورد دور از هم استفاده سدهاند

The Eskimo diabolists, the mongrels in Louisiana, and then Wilcox.

سیطاںپرسساں اسکیمو، دورکههای لوںیریانا، و بعد ویلکاکس

What other conclusion could one possibly have come to?

چه سیجه دیکری میںواسسیم بکیریم؟

It's only natural Professor Angel pursued this conclusion.

کاملا طبیعی اس که پروفسور انجل به دنبال این سیجه باسد

And I wouldn't have expected him to be less thorough.

و انطار ںداسم که او کمںر دقیق باسد

My great-uncle was a man of principled academic rigor.

عموی بررکم مردی با اصول و سحںکیری آکادمیک بود

Though privately I also had other plausible theories.

اکرچه در حلوں حودم ںطریههای محںمل دیکری هم داسم

I suspected young Wilcox of having heard of the cult.

من کماں میکردم که ویلکاکس جواں ار این قرفه چیری سیده باسد

Maybe he had heard of the cult in some indirect way.

ساید او به طریقی عیرمسںقیم درباره این قرفه سیده بود

He could easily have invented a series of dreams.

او به راحںی میںواسں مجموعهای ار رویاها را ار حودس بسارد

That way he could heighten and continue the mystery.

به این ںرںیب او می ںواسں رار را ارںںا دهد و ادامه دهد

The dream-narratives and cuttings collected did of course corroborate.

الںبه روایںهای رویا و بریدههای جمعآوریسده این موصوع را ںأیید میکردند

But the rationalism of my mind had not yet been satisfied.

اما حردکرایی دهم هںور ارصا سده بود

Coincidences can form highly believable illusions too.

تصادف‌ها می‌توانند توهمات بسیار باورپذیری را نیز سکل دهد

And we have to bear in mind the extravagance of the whole subject.

و ما باید افراط و تفریط در کل موضوع را در نظر داسته باسیم

So I was led to adopt what I thought the most sensible conclusions.

بنابراین من به سمت اتحاد آنچه که به نطرم معمول‌ترین سیجه‌گیری‌ها بود، سوق داده سدم

I thoroughly studied the manuscript from the beginning.

من ار ابتدا مس را به طور کامل مطالعه کردم

And I correlated the theosophical and anthropological notes.

و من یادداست‌های عرفانی و انسان‌ساسی را با هم مرببط کردم

I compared the literature with the cult narrative of Legrasse.

من این ادبیات را با روایت فرقه‌ای لکراس مقایسه کردم

I made a trip to Providence to see the sculptor.

من برای دیدن مجسمه‌سار به پراویدس سفر کردم

And I intended to give him the rebuke I thought proper.

و من قصد داسم او را به تحوی که سایسه می‌داسم سرزنس کم

There must be consequences, I felt, for the trick he played.

احساس کردم، حتما برای حقه‌ای که به کار برده، عواقبی وجود دارد

He had boldly imposed himself upon a learned and aged man.

او با جسارت حود را به مردی فرهیحته و مسن تحمیل کرده بود

***

Wilcox still lived alone where my uncle had met him.

ویلکاکس هنور تنها رندکی می‌کرد، جایی که عمویم با او آسا سده بود

In the Fleur-de-Lys Building in Thomas Street.

در ساحتمان فلور-دو-لیس در حیابان توماس

A hideous Victorian imitation of Seventeenth Century
Breton architecture.

یک تقلید زشت ویکتوریایی از معماری بریتون قرن هفدهم

The building flaunted its stuccoed front amidst its
surroundings.

ساختمان، نمای گَچ‌کاری‌شده‌اش را در میان محیط اطرافش به رخ
می‌کشید

There were lovely Colonial houses on the ancient hill.

خانه‌های استعماری زیبایی روی تپه باستانی وجود داشت

And the house stood under the shadow of the finest
Georgian steeple in America.

و خانه زیر سایه بهترین مناره کلیسای جورجیایی در آمریکا قرار داشت

I found him at work in his rooms, among his sculptures.

او را در اتاق‌هایش، میان مجسمه‌هایش، مشغول کار یافتم

The specimens scattered came from a very unique mind.

نمونه‌های پراکنده از ذهنی بسیار منحصر به فرد سرچشمه گرفته‌اند

At once I conceded that his genius is indeed profound and
authentic.

بی‌درنگ پذیرفتم که نبوغ او واقعاً عمیق و اصیل است

He has crystallized in clay that which Arthur Machen evokes
in prose.

او آنچه را که آرتور ماچن در نثر تداعی می‌کند، در گِل متبلور کرده است

He mirrored in marble the nightmares Clark Ashton Smith
put to canvas.

او کابوس‌هایی را که کلارک اشتون اسمیت بر بوم نقاشی کشیده بود، در
مرمر منعکس کرد

He will, I believe, be spoken of one day as one of the great
decadents.

من معتقدم که روزی از او به عنوان یکی از منحطان بزرگ یاد خواهد شد

He was dark, frail, and somewhat unkempt in aspect.

او سبزه، نحیف و تا حدودی ژولیده بود

He turned languidly at my knock on his door.

با سیدں صدای نو نو در اناقس، با بی‌حالی برکسَس

He didn't rise from his seat when I came in.

وقی وارد سدم ار جایس بلد سد

And he asked me what the purpose of my visit was.

و ار من پرسید که هدف ار آمدنم چیسب

When I told him who I was his interest was piqued.

وقی به او کفم که هسم، علافه‌اس برانکیحمه سد

My uncle had excited his curiosity by probing his strange dreams.

عمویم با کاوس در رویاهای عجیبس، کنجکاوی او را برانکیحمه بود

Although he had never explained the reason for the study.

اکرچه او هرکر دلیل این مطالعه را نوصیح نداده بود

I did not enlarge his knowledge in this regard.

من دانس او را در این رمیمه افرایس ندادم

But I sought with some subtlety to gain his confidence.

اما با کمی طرافت سعی کردم اعمادس را جلب کم

In a short time I became convinced of his absolute sincerity.

در مدب کوناهی به صداف مطلو او یعیں پیدا کردم

He spoke of the dreams in a manner none could mistake.

او ار رویاها به سیوه‌ای صحبت می‌کرد که هیچ‌کس نمی‌نوانسب اسباه کد

His dreams' subconscious residuum had influenced his art profoundly.

بقایای ناحودآکاه رویاهای او عمیقاً بر هنرس نأنیر کداسه بود

He showed me a morbid statue of the likes I had never seen before.

او مجسمه‌ای بیمارکونه را به من سان داد که قبلاً هرکر نطیرس را ندیده بودم

The statue's contours almost made me shake with fear.

حطوط بیرونی مجسمه نفریباً باعث سد ار برس بلررم

The potency of the statue's black suggestion was
overbearing.

قدرت تلقین سیاه مجسمه بسیار زیاد بود

He could not recall having seen the original of this thing.
او به یاد نمی‌آورد که اصل این چیز را دیده باشد

But the statue.was inspired by his own dream bas-relief.
اما این مجسمه از نفس برجسته رویایی خودس الهام کرفه سده بود

The outlines had formed themselves insensibly under his
hands.

حطوط کلی، بی‌حس و نامحسوس زیر دسانس سکل کَرفه بودند

It was, no doubt, the giant shape he had raved of in
delirium.

بدوں سک، هماں هیکل عول‌پیکری بود که او در هذیاں از آں تعریف و
تمجید کرده بود

That he really knew nothing of the hidden cult he soon
made clear.

ایکه او واقعاً هیچ چیز از فرقه پنهاں نمی‌دانست، حیلی زود آسکار سد

Only my uncle's relentless catechism had given him some
clues,

فمط تعلیماب مذهبی بی‌وقفه عمویم به او سرنخ‌هایی داده بود،

And again I strove to explain the obvious conclusions away.
و دوباره تلاس کردم تا سایج بدیهی را توجیه کنم

How he could possibly have received the weird
impressions?

چطور ممکن اس که او چیں برداس‌های عجیبی را دریافت کرده
باسد؟

He talked of his dreams in a strangely poetic fashion.
او با لحنی ساعرانه و عجیب از رویاهایس صحبت می‌کرد

He made me see with terrible vividness the vistas of his
dream.

او باعب سد ماطر رویایس را با وصوح وحساکی ببیم

The damp Cyclopean city of slimy green stone.

سهر مرطوب سیکلوپایی با سک سبر لرج

The geometry he oddly said, was all wrong.

هدسه‌ای که او به طرز عجیبی کفت، کاملا اسباه بود

And he spoke of what he heard with frightened expectancy.

و او با اسطاری هراسان ار آنچه سیده بود سحن کفت

The ceaseless, half-mental calling from underground:

ندای بی‌وقفه و نیمه‌دهنی ار ریررمین:

"Cthulhu fhtagn... Cthulhu fhtagn"

»کـولهو فَکَ کـولهو فَکَ«

These words had formed part of that dreaded ritual.

این کلمات بحسی ار آن آییں وحسساک را نسکیل داده بودند

The ritual the told of dead Cthulhu's dream-vigil.

این آییں ار سبرنده‌داری کونولهوی مرده در حواب حکایب دارد

The ritual that told of his stone vault at R'lyeh.

آییسی که ار طاو سکی او در ریلای حکایب می‌کرد

And I felt deeply moved, despite my rational beliefs.

و من علیرغم باورهای مطمی‌ام، عمیقاً مأثر سدم

Wilcox, I was sure, had heard of the cult in some casual way.

مطمن بودم که ویلکاکس به طور اتفاقی درباره این فرقه سیده بود

He spent his time in a mass of equally weird literature.

او وقت حود را در اتبوهی ار ادبیات به همان انداره عجیب و غریب کدراند

He must have forgotten the source of his knowledge.

او حتماً منبع داس حود را فراموس کرده است

Later the cult had found subconscious expression in his dreams.

بعدها این فرقه در حواب‌های او به صورت ناحودآکاه نجلی پیدا کرد

But this is natural when stories are so impressive.

اما وقتی داسان‌ها اینقدر بأثیرکدار باسند، این طبیعی است

Finally the cult's ideas manifested themselves in the bas-relief.

سرانجام، ایده‌های فرقه خود را در نفس برجسته نمایان کردند

And now the subject of the cult manifested itself in the terrible statue.

و اکنون موضوع فرقه خود را در آن مجسمه وحشتناک نسان می‌داد

I was convinced his imposture upon my uncle had been very innocent.

من مساعد سده بودم که سیادی او علیه عمویم کاملاً بی‌گناه بوده است

He both slightly affected, and slightly ill-mannered.

او هم کمی متاثر و هم کمی بدرفتار بود

He had a disposition which I could never like.

او خلق و خویی داست که من هرگز نمی‌توانستم از آن خوسم بیاید

But I was willing enough now to admit his genius.

اما حالا به اندازه کافی مایل بودم که نبوع او را بپذیرم

And I have no way of denying his honesty either.

و من به هیچ وجه نمی‌توانم صداقت او را انکار کنم

Despite my initial feelings, I took leave of him amicably.

علیرغم احساسات اولیه‌ام، دوسانه از او خداحافظی کردم

And I wish him all the success his talent promises.

و برایس تمام موفقیت‌هایی را که استعدادس نوید می‌دهد، آرزو می‌کنم

***

The matter of the cult continued to fascinate me.

موضوع فرقه همچنان مرا مجذوب خود می‌کرد

At times I had visions of the personal fame I could attain.

بعضی وقت‌ها رویاهایی از سهرب سحصی که می‌توانستم به دست بیاورم، در سرم می‌پروراندم

I visited New Orleans and talked with Legrasse.

من از نیواورلئان باردید کردم و با لکراس صحبت کردم

And I spoke with other policemen of that swamp raid.

و من با دیگَر پلیس‌های آن حمله به بائلاو صحبت کردم

I saw the frightful image with my own eyes.
من آن تصویر وحشتناک را با چشمان خودم دیدم

And I even questioned some of the surviving mongrel prisoners.
و من حتی از برخی از زندانیان دورگه که زنده مانده بودند، بازجویی کردم

Old Castro, unfortunately, had been dead for some years.
مأسفانه کاسترووی پیر چند سالی بود که مرده بود

What I now heard so graphically at first hand excited me afresh.
آنچه که اکنون به وضوح و از نزدیک شنیدم، دوباره مرا به وجد آورد

Though it was really no more than a detailed confirmation.
اگرچه در واقع چیزی بیش از یک تأیید دقیق نبود

What they told me I had already read in my uncle's notes.
چیزی که به من گفتند را قبلا در یادداست‌های عمویم خوانده بودم

I felt sure that I was on the track of a very real secret.
مطمئن بودم که در مسیر یک راز بسیار واقعی هستم

And I was sure I was going to discover a very ancient religion.
و مطمئن بودم که قرار است یک دین بسیار باستانی را کشف کنم

The discovery would make me an anthropologist of note.
این کشف مرا به یک انسان‌شناس برجسته تبدیل کرد

My attitude was still one of absolute rational materialism.
نگرس من هنوز هم یک ماتریالیسم عقلانی مطلق بود

And I wish my attitude to the subject matter had not changed.
و کاش نگرسم نسبت به موضوع تغییر نکرده بود

I discounted with almost inexplicable perversity the coincidences.
من با کج‌حلقی تقریباً غیرقابل‌توضیحی، این همزمانی‌ها را نادیده گرفتم

The dream notes and odd cuttings collected by Professor
Angell.

یادداست‌های خواب و بریده‌های عجیب و غریب جمع‌آوری‌شده توسط

پروفسور آنجل

One thing I began to doubt was the cause of my uncle's
death.

یک چیزی که کم کم به آن سک می‌کردم، علت مرک عمویم بود

I began to suspect his death was far from natural.

کم کم داسم سک می‌کردم که مرک او به هیچ وجه طبیعی نبوده است

And I now fear I know my uncle's death was not natural.

و حالا می‌ترسم که بدانم مرک عمویم طبیعی نبوده است

It was on a narrow hill street where he fell.

او در یک حیابان باریک تپه‌ای سقوط کرد

The street lead up from the ancient waterfront.

حیابان از اسکله باسانی به بالا منهی می‌سود

The port-town swarms with foreign mongrels.

این سهر بندری مملو از سک‌های دورکه‌ی حارجی است

He fell after a careless push from a negro sailor.

او پس از هل دادن بی‌دقت یک ملوان سیاه‌پوست، به زمین افتاد

I had not forgotten the mixed blood of the cult-members in
Louisiana.

من خون محلط اعصای فرقه در لوییریانا را فراموس نکرده بودم

I had not forgotten the sailors in the voodoo orgy.

من ملوانان را در عیاسی وودو فراموس نکرده بودم

And would not be surprised to learn that they had other
knowledge too.

و اکر بفهمد که آنها داسس‌های دیکری هم داسه‌اند، تعجب نحواهد کرد

Secret methods as anciently known as the cryptic rites.

روس‌های محفی که در قدیم به عنوان آیین‌های رمری ساحته می‌سدند

Poison needles as ruthless their demonic beliefs.

سورن‌های سمی به عنوان باورهای سیطانی بی‌رحمانه‌سان

Legrasse and his men, it is true, have been let alone..

لکراس و افرادس به حال خود رها سده‌اند

But in Norway a certain seaman who saw things is dead.

اما در نرور، یک ملوان که چیرهایی دیده بود، مرده است

Might not sinister ears have picked up my uncle's interest in the sculptor?

آیا ممکن نیست کَوس‌های سومی علاقه‌ی عمویم به مجسمه‌سار را دریافه باسد؟

Might not the deeper inquiries of my uncle have drawn someone's attention?

آیا ممکن نیست که پرسس‌های عمیق‌بر عمویم نوجه کسی را جلب کرده باسد؟

I think Professor Angell died because he knew too much.

فکر می‌کم پروفسور آنجل مرد چون زیاد می‌داسب

Or he died because he was likely to learn too much.

یا او مرد چون احنمال داسب بیس ار حد یاد بکیرد

Whether I shall go out as he did remains to be seen.

اینکه آیا من هم مثل او بیرون حواهم رفب یا نه، هنور مسحص نیسب

Because I too have learned much about Cthulhu.

چون من هم چیرهای زیادی در مورد کانولو یاد کرفه‌ام

The Madness from the Sea
جنوں از دریا

There is one great boon heaven could grant me.
یک موهبت بزرگ هست که آسمان می‌تواند به من عطا کند

The total effacing of the results of a mere chance.
محو کامل نتایج یک شانس محض

I wish I had never seen that stray piece of paper.
کاش هرگز آن تکه کاغذ سرگردان را ندیده بودم

My daily routine would normally not have taken me there.
روال عادی زندگی‌ام معمولا مرا به آنجا نمی‌رساند

On any other day I would not have noticed anything.
در هر روز دیگری متوجه چیزی نمی‌شدم

It was an old number of an Australian journal.
یک شماره قدیمی از یک مجله استرالیایی بود

The Sydney Bulletin for April 18, 1925
بولتن سیدنی، ۱۸ آوریل ۱۹۲۵

The paper had even slipped past the cutting bureau.
حتی کاغذ از دفتر برش هم رد شده بود

I had largely given over my inquiries to a friend.
من تا حد زیادی سوالاتم را به یکی از دوستانم داده بودم

He had taken on the work of most of the research.
او کار بیشتر تحقیقات را بر عهده گرفته بود

He had come to refer to the group as the "Cthulhu Cult".
او به این گروه لقب «فرقه کتولو» داده بود

I was visiting my learned friend of Paterson, New Jersey.
داشتم به دیدن دوست فرهیخته‌ام در پترسون، نیوجرسی می‌رفتم

The curator of a local museum, and a mineralogist of note.
متصدی یک موزه محلی و یک کانی‌شناس برجسته

While at his museum I had access to the reserved specimens.
در مدت اقامتم در موزه او، به نمونه‌های ذخیره شده دسترسی داشتم

And this is when an odd picture caught my attention.

و این رمانی بود که یک تصویر عجیب توجه من را جلب کرد

Beneath one of the stones was the Sydney Bulletin I mentioned.

زیر یکی از سک‌ها، بولس سیدنی که به آن اساره کردم، قرار داست

My friend has wide affiliations in all conceivable foreign lands.

دوست من در تمام سررمین‌های خارجی قابل تصور، ارتباطات کسرده‌ای

دارد

The picture was a half-tone cut of a hideous stone image.

تصویر، برسی نیمرنگ از یک تصویر سکی رست بود

Almost identical with the stone Legrasse had found in the swamp.

تقریباً مسابه سکی که لگراس در باتلاو پیدا کرده بود

Eagerly I read the article for its precious contents.

مساقانه مقاله را به حاطر محتوای اررسمندس حواندم

But I was disappointed to find that it was just a short article.

اما وقتی قهمیدم که فقط یک مقاله کوتاه است، ناامید سدم

Although brief, the information was of portentous significance.

اکرچه محتصر بود، اما اطلاعات از اهمیت بسرایی برخوردار بود

***

"MYSTERY DERELICT FOUND AT SEA"

»کسف یک کسی متروکه مرمور در دریا«

Vigilant Arrives With Helpless Armed New Zealand Yacht in Tow.

ویجیلت با یک قایو تفریحی مسلح نیوزیلندی درمانده و یدک‌کس از راه

می‌رسد

One Survivor and one Dead Man Found Aboard.

یک نفر زنده مانده و یک نفر دیگر در کشتی پیدا شد

Tale of Desperate Battle and Deaths at Sea.
داستان نبرد ناامیدانه و مرگ در دریا

Rescued Seaman Refuses Particulars of Strange Experience.
ملوان نجات‌یافته جزئیات حادثه عجیب را انکار می‌کند

Odd Idol Found in His Possession, Inquiry to Follow.
بت عجیبی در اختیار او پیدا شد، تحقیقات در حال پیگیری است

The Alert of Dunedin yacht, N.Z., had been disabled in
battle.   .
سیستم هشدار قایق تفریحی دوندین، نیوزیلند، در نبرد از کار افتاده بود

Previously the ship had left from Valparaiso on March 25th.
پیش از این، کشتی در ۲۵ مارس از والپارایزو حرکت کرده بود

On April 2nd the ship was driven considerably south of her
course.
در دوم آوریل، کشتی به میزان قابل توجهی از مسیر خود به سمت جنوب
منحرف شد

Exceptionally heavy storms had redirected the ship.
طوفان‌های فوق‌العاده شدید، مسیر کشتی را تغییر داده بودند

Monster waves forced the ship to take a different route.
امواج سهمگین، کشتی را مجبور به طی کردن مسیر دیگری کردند

On April 12th the ship was sighted by another ship.
در ۱۲ آوریل، کشتی دیگری آن را مشاهده کرد

Latitude 34° 21', Longitude 152° 17'
عرض جغرافیایی ۳۴° ۲۱'، طول جغرافیایی ۱۵۲° ۱۷'

Initially they thought the ship had been deserted..
در ابتدا آنها فکر می‌کردند که کشتی متروکه شده است

But one still living man had been found on board.
اما یک مرد هنوز زنده در کشتی پیدا شده بود

This lone survivor was in a half-delirious condition.
این تنها بازمانده در وضعیتی نیمه هذیانی قرار داشت

The only other victim found was a man already dead a week.

سها قربانی دیگری که پیدا سد، مردی بود که یک همه پیس مرده بود

Now the heavily armed steam yacht was being towed.
حالا قایو بادبانی بحار بهسدب مسلح، یدککسی میسد

And this morning the ship was coming in to its wharf.
و امرور صبح کسی داسب به اسکلهاس میرسید

The living man was clutching a horrible stone idol.
مرد رنده یک بب سکی وحسساک را در آعوس کرفمه بود

The stone idol was about a foot in height.
بب سکَی حدود یک فوب ارتفاع داسب

And the origins of the stone were completely unknown.
و ریسههای این سک کاملا باساحمه بود

Authorities at Sydney university were baffled.
مقاماب دانسکاه سیدنی کیج سده بودند

The Royal Society couldn't offer information about the idol.
انجمن سلطنی نوانست اطلاعائی در مورد این بب ارانه دهد

And the Museum in College street had no insights either.
و موره حیابان کالج هم هیچ سرنحی نداسب

The survivor says he found the stone in the cabin of the
yacht.
بازمانده میکَوید که سکَ را در کابین قایو نعریحی پیدا کرده اسب

Allegedly the idol was in a small carved shrine.
طاهراً این بب در یک معبد کوچک نراسیده سده قرار داسه اسب

And the carvings of the shrine were of common pattern.
و کندهکاریهای حرم ار الکوهای رایج بودند

This man eventually recovered back to his senses.
این مرد سرانجام به هوس آمد و دوباره به هوس آمد

And he told an exceedingly strange story of piracy and
slaughter.
و او داسان بسیار عجیبی ار دردی دریایی و قنل عام نعریف کرد

He is Gustaf Johansen, a Norwegian of some intelligence.
او کوساف یوهانس، یک نرورژی نا حدودی باهوس اسب

And he had been second mate of the two-masted schooner Emma of Auckland.

و او ناخدا دوم قایق بادبانی دو دکله اما از اوکلند بود

The ship sailed for Callao February 20th, manned by eleven sailors.

این کشتی در تاریخ 20 فوریه به سمت کالائو حرکت کرد و یازده ملوان آن را هدایت می‌کردند

The ship, he says, was delayed and thrown widely south of her course.

او می‌گوید کشتی به تأخیر افتاده و از مسیر خود منحرف شده است

There was a great storm on March 1st, and on March 22nd.

در اول و دوم مارس طوفان شدیدی رخ داد

On their journey they encountered another ship.

در سفرشان با کشتی دیگری روبرو شدند

This was in S. Latitude 49° 51′, W. Longitude 128° 34′

این در عرض جغرافیایی ۴۹ درجه و ۵۱ دقیقه جنوبی و طول جغرافیایی ۱۲۸ درجه و ۳۴ دقیقه غربی بود

This ship was manned by a queer and evil-looking crew.

این کشتی توسط خدمه‌ای عجیب و غریب و شرور اداره می‌شد

All the men were of Kanakas and half-castes.

همه مردان از نژاد کاناکا و دورگه بودند

Being ordered peremptorily to turn back, Capt. Collins refused.

کاپیتان کالینز که با او دستور داده شده بود که برگردد، امتناع کرد

Without warning the strange crew began to shoot savagely upon the schooner.

خدمه‌ی عجیب بدون هیچ هشداری شروع به تیراندازی وحشیانه به سمت قایق بادبانی کردند

They shot a peculiarly heavy battery of brass cannon.

آنها یک توپخانه‌ی برنجی به طرز عجیبی سنگین را شلیک کردند

The men from his ship showed fighting spirit, says the survivor.

این بازمانده می‌گوید مردان کسی او روحیه مبارزه از خود نشان دادند

The schooner began to sink from shots beneath the waterline.

قایق بادبانی در اثر اصابت گلوله‌ها به زیر خط آب شروع به غرق شدن کرد

But they managed to heave alongside their enemy boat, and board her.

اما آنها موفق شدند از کنار قایق دشمن خود عبور کنند و سوار آن شوند

They grappled with the savage crew on the yacht's deck.

آنها با خدمه وحشی روی عرشه قایق بادبانی درگیر شدند

Their mode of fighting seemed to be strangely clumsy.

شیوه‌ی مبارزه‌ی آنها به طرز عجیبی ناشیانه به نظر می‌رسید

But defeat did not seem to be an option for these savage men.

اما به نظر نمی‌رسید که شکست برای این مردان وحشی گزینه‌ای باشد

They had a particularly abhorrent and desperate way of fighting.

آنها شیوه‌ی مبارزه‌ی به‌خصوص نفرت‌انگیز و از روی ناچاری داشتند

So they had no choice but to kill all men of the enemy ship.

بنابراین آنها چاره‌ای جز کشتن تمام افراد کشتی دشمن نداشتند

Three of their men were also killed in the fight.

سه نفر از افراد آنها نیز در این درگیری کشته شدند

Capt. Collins and First Mate Green were among the dead.

کاپیتان کالینز و معاون اول گرین در میان کشته‌شدگان بودند

Second Mate Johansen took over control from First Mate Green.

معاون دوم یوهانسن کنترل را از معاون اول گرین تحویل گرفت

And the remaining eight men proceeded to navigate the captured yacht.

و هشت مرد باقی مانده به هدایت قایق تفریحی تصرف شده ادامه دادند

They proceeded to continue in the original direction they
were going.

آنها به مسیر اصلی که در آن بودند ادامه دادند

To see if there had been any reason they were ordered to
turn around.

برای اینکه ببیند آیا دلیلی وجود داسته که به آنها دسور داده سده برکردند یا نه

***

The next day, it appears, they landed on a small island.

طاهراً رور بعد، آنها در یک جریره کوچک فرود آمدند

Although no island is known to exist in that part of the
ocean.

اکرچه هیچ جریره‌ای در آن بحس ار اقیانوس وجود ندارد

Six of the men somehow died ashore while on the island.

سس نفر ار این مردان به نحوی در حالی که در جریره بودند، در ساحل جان باحند

Though Johansen is queerly reticent about this part of his
story.

اکرچه یوهانس به طرر عجیبی در مورد این بحس ار داسانس محاط اسب

And he speaks only of their falling into a rock chasm.

و او فمط ار افسادن آنها در یک پرنکاه سکی صحبت می‌کند

Later, it seems, he and one companion boarded the yacht.

به نطر می‌رسد بعداً او و یکی ار همراهانس سوار فایق نفریحی سدند

Together they tried to sail the ship, undermanned.

آنها با هم سعی کردند کسی را با کمبود حدمه هدایب کسد

But they were beaten about by the storm of April 2nd.

اما طوفان دوم آوریل آنها را در هم کوبید

From that time till his rescue on the 12th, the man
remembers little.

از آن زمان تا رمان نجاتس در دوازدهم، مرد چیر زیادی به خاطر نمی‌آورد

And he does not even recall when William Briden, his
companion, died.

و او حتی به یاد نمی‌آورد که ویلیام برایدن، همراهس، چه زمانی

درگذشت

Autopsy could reveal no obvious cause to Briden's death.

کالبدسکافی نوانست هیچ دلیل واصحی برای مرک برایدن پیدا کند

The most likely cause of death is exposure to the elements.

محتمل‌ترین علت مرک، قرار کرفس در معرص عناصر است

The Dunedin reported that their boat, the Alert, was well
known.

دوندین‌ها کزارس دادند که قایقسان، آلرت، کاملاً ساحنه سده است

The island traders bore an evil reputation along the
waterfront.

ناجران جزیره در کنار ساحل سهرب بدی داسند

The ship was owned by a curious group of half-castes.

این کسی متعلق به کروهی کنجکاو از دورکه‌ها بود

Frequent meetings and night trips to the woods attracted
curiosity.

جلسات مکرر و سفرهای سبانه به جنکل کنجکاوی را به حود جلب می‌کرد

The ship had set sail in great haste on March 1st.

کسی در اول مارس با عجله ریاد حرکت کرده بود

Just after the storm, and the earth tremors that.night.

درست بعد ار طوفان، و لررس رمین در آن سب

Our Auckland correspondent gives the Emma excellent
reputation.

حبرنکار ما در اوکلند، سهرب بسیار حوبی برای اما قائل است

The Crew from the Emma were held very in high regard.

حدمه کسی اما بسیار مورد احترام بودند

And Johansen is described as a sober and worthy man.

و یوهانس به عنوان مردی هوشیار و سایسه نوصیف سده است

The admiralty will institute an inquiry on the whole matter.
نیروی دریایی در مورد کل موضوع تحقیق و تفحصی را آغاز خواهد کرد

Starting tomorrow they will collect all relevant information.
از فردا آنها تمام اطلاعات مربوطه را جمع آوری خواهد کرد

Every effort will be made to induce Johansen to speak.
تمام تلاش‌ها برای وادار کردن یوهانس به صحبت کردن انجام خواهد
سد

This and the hellish image were all the information I had to
go on.
این و آن تصویر جهنمی، تمام اطلاعاتی بود که برای ادامه داشتم

But what a train of ideas that little information started in my
mind!
اما چه قطاری از ایده‌ها با آن اطلاعات کم در ذهنم شروع سد!

Here were new treasuries of data on the Cthulhu Cult.
اینجا گنجینه‌های جدیدی از اطلاعات در مورد فرقه کاتولو وجود داست

The cult not only had interests on land.
این فرقه نه تنها در زمین مافعی داست

Now there was evidence they also had connections to the
sea.
اکنون سواهدی وجود داست که آنها همچنین با دریا ارتباط داسند

What motive prompted the hybrid crew to order back the
Emma?
چه انگیزه‌ای باعث سد خدمه‌ی هیبریدی دستور بارگست اما را بدهد؟

Why did they sail about with their hideous idol?
چرا آنها با بت رست خود در دریا کسند؟

What was the unknown island on which six of the Emma's
crew had died?
آن جزیره ناساخته که سس نفر از خدمه اما در آن جان باسند، چه بود؟

And why was Johansen so secretive about their death?
و چرا یوهانس در مورد مرک آنها اینقدر پنهان‌کاری کرد؟

What had the vice-admiralty's investigation brought out?
تحقیقات معاون دریاسالار چه چیزی را آشکار کرده بود؟

And what was known of the noxious cult in Dunedin?..
و از فرقه‌ی سیطانی دوندین چه می‌دانستد؟

Nor could one help but marvel at the timing of the events.
و همچین نمی‌توان از زمان‌بدی وقایع سکف‌کرده شد

There was a deep and more than natural linkage between
the dates.
پیوندی عمیق و فراتر از طبیعی بین تاریخ‌ها وجود داشت

A malign and now undeniable significance to the various
turns of events.
اهمیتی بدخیم و اکنون غیرقابل انکار برای چرحس‌های محلف رویدادها

***

My uncle had noted with great care the connecting events.
عمویم با دقت فراوان وقایع مربط را یادداشت کرده بود

On March 1st the earthquake and storm had come.
اول مارس زلزله و طوفان از راه رسیده بود

February 28th, according to the International Date Line.
۲۸ فوریه، طبق حط بین‌المللی تاریح

From Dunedin the noisome crew of the Alert darted eagerly
forth.
از دوندین، حدمه‌ی پر سر و صدای آلرت مساقانه به بیرون سافتد

They moved as if they had been imperiously summoned.
آنها طوری حرکت کردند که انکار با لحنی آمرانه احصار سده بودند

On the other side of the earth the other events unfolded.
در آن سوی زمین، وقایع دیکری در حال وقوع بود

Poets and artists had begun to have their strange dreams.
ساعران و هنرمندان سروع به دیدن رویاهای عجیب و غریب حود کرده
بودند

Dreams of a dank Cyclopean city from times long gone.

رویاهای یک سهر سیکلوپایی نمور از رمان‌های بسیار کدسه

A young sculptor was persuaded by these dreams too.

یک مجسمه‌سار جوان نیر مجدوب این رویاها سد

In his sleep he molded the form of the dreaded Cthulhu.

او در حواب، سکل کونولهوی نرساک را قالب‌کیری کرد

On March 23rd the crew of the Emma landed on an unknown island.

در ۲۳ مارس، حدمه کسی اما در جریره‌ای ناساحه فرود آمدند

There on that island they left six men dead.

آنجا در آن جریره، سس مرد را کسه رها کردند

On that date the dreams of sensitive men assumed a heightened vividness.

در آن ناریح، رویاهای مردان حساس وصوح بیسری به حود می‌کرفت

Their dreams darkened with dread of a giant monster's malign pursuit.

حواب‌هایساں ار وحست نعمیب سرورانه‌ی یک هیولای عول‌پیکر ناریک سده بود

One architect went mad from his dreams that night.

آن سب، یک معمار ار رویاهایس دیوانه سد

And a sculptor had lapsed suddenly into delirium!

و یک مجسمه‌سار ناکهان دچار هدیان سده بود!

And then there was the storm of April 2nd.

و سپس طوفان دوم آوریل رح داد

The date on which all dreams of the dank city ceased.

ناریحی که در آن نمام رویاهای سهر نمور به پایان رسید

Wilcox emerged unharmed from the bondage of strange fever.

ویلکاکس ار اسارت نب عجیبی بی‌هیچ آسیبی بیرون آمد

And everything appeared to be normal again.

و همه چیر دوباره عادی به نطر می‌رسید

But what about the hints old Castro had suggested?

اما در مورد اساراﺋی که کاسروی پیر مطرح کرده بود چه؟

What about the sunken, star-born old ones?

در مورد پیرهای عروسده و مسولد سده در ساره چطور؟

What about their promised return and coming reign?

در مورد بارکسب موعود و سلطب قریب‌الوقوع آنها چه می‌ںواں کمب؟

What about their faithful cult and their mastery of dreams?

در مورد فرقه‌ی وفادارانه‌ساں و ںسلطساں بر رویاها چه؟

Was I tottering on the brink of cosmic horrors?

آیا مں در آسانه‌ی وحسب کیهانی ںلوںلو می‌حوردم؟

Cosmic horrors far beyond man's power to bear?

وحسب‌های کیهانی فراںر ار قدرں ںحمل اںساں؟

If so, they must be horrors of the mind alone.

اکَر چںیں اسب، آنها باید صرفاً وحسب‌های دهی باسد

On the second of April there was sudden coordinated calm.

در دوم آوریل، ںاکهاں آرامسی هماهںک برقرار سد

The monstrous menace that sieged mankind's soul had vanished.

ںهدید هولاکی که روح بسر را محاصره کرده بود، ںاپدید سده بود

That evening I made all necessary arrangements for onwards travel.

آں سب ںمام مقدماب سفر بعدی را فراهم کردم

I bade my host adieu and took a train for San Francisco.

با میرباںم حداحافظی کردم و با قطار به ساںفراںسیسکو رفںم

***

In less than a month I was at the port of Dunedin.

در کمںر ار یک ماه، مں در بںدر دوںدیں بودم

Here, however, my investigation stumbled slightly.

با این حال، در ایںجا ںحقیقاب مں کمی با مسکل مواجه سد

I inquired in the old sea taverns where the men had
lingered.

ار میخانه‌های قدیمی کنار دریا پرسیدم که مردها کجا پرس و جو
می‌کردند

But little was known of.the strange cult members.

اما اطلاعات کمی در مورد اعضای عجیب فرقه وجود داسب

Waterfront scum was far too common for special mention.

کف‌های کنار ساحل آنقدر عادی سده بودند که نیاری به اساره‌ی حاص نبود

But there was vague talk about one inland trip these
mongrels had made.

اما صحبت‌های مبهمی در مورد یک سفر داحلی که این دو رکه‌ها انجام
داده بودند، وجود داسب

Faint drumming and red flames were noted on the distant
hills.

صدای طبل‌های صعیف و سعله‌های سرح ار نپه‌های دوردسب قابل
مساهده بود

In Auckland I learned only a little more of Johansen.

در اوکلند فقط کمی ار یوهانس یاد کرفم

He had been taken to Sydney for the investigation.

او برای نحمیقاب به سیدنی مسعل سده بود

A perfunctory and inconclusive questioning turned his hair
white.

یک پرسس سرسری و بی‌سیجه، موهایس را سعید کرد

Thereafter he sold his cottage in West Street.

پس ار آں، او کلبه‌اس را در حیاباں وسب فروحب

And he sailed with his wife to his old home in Oslo.

و او به همراه همسرس با کسی به حانه قدیمی حود در اسلو رفب

His experience had clearly.stirred him deeply.

نجربه‌اس آسکارا او را عمیقا نحب نأنیر قرار داده بود

But he told his friends no more than he had told the
admiralty officials.

اما او چیزی بیش از آنچه به مقامات نیروی دریایی گفته بود، به دوساس نگفت

And all they could do was to give me his Oslo address.
و تنها کاری که از دستشان بر می‌آمد این بود که آدرس اسلوی او را به من بدهد

After that I went to Sydney and talked profitlessly with seamen.
بعد از آن به سیدنی رفتم و با دریانوردان بی‌فایده صحبت کردم

Members of the vice-admiralty court could not enlighten me either.
اعضای دادگاه دریایی هم نتوانستند من را روشن کنند

I tracked the Alert down to Circular Quay in Sydney Cove.
من رد آلرت را تا اسکله سیرکولار در حلیج سیدنی گرفتم

The ship had been sold and was again in commercial use.
کشتی فروخته شده بود و دوباره مورد استفاده تجاری قرار گرفته بود

But I could gain no further clues from the ship's cargo.
اما نتوانستم هیچ سرنخ بیشتری از محموله کشتی به دست بیاورم

The image was preserved in the Museum at Hyde Park.
این تصویر در موزه هاید پارک نگهداری می‌شد

The cuttlefish head, dragon body, and scaly wings.
سر ماهی مرکب، بدن اژدها و بال‌های فلس‌دار

The monster crouching atop the hieroglyphed pedestal.
هیولایی که بالای پایه‌ی هیروگلیف چمبانمه زده است

I studied every detail of the idol long and well.
من تمام جزئیات بت را به خوبی و برای مدت طولانی بررسی کردم

The relic was a thing of balefully exquisite workmanship.
این یادگار، ساخکاری از هنر به‌طرز اسفباری نفیس بود

I couldn't help but notice the similarity to Legrasse's smaller specimen.
نتوانستم جلوی خودم را بگیرم و متوجه شباهت با نمونه کوچک‌تر لگراس نشدم

Both idols had the same utter mystery and terrible antiquity.

هر دو بت، رمز و راز مطلق و قدمت وحشتناک یکسانی داشتند

And both idols had the same unearthly strangeness of material.

و هر دو بت از همان غرابت غیرزمینی مادی برخوردار بودند

Geologists, the curator told me, had found it a monstrous puzzle.

متصدی موره به من گفت که زمین‌شناسان آن را یک معمای عظیم یافته‌اند

They insisted that the world held no rock like this one.

آنها اصرار داشتند که دنیا هیچ سنگی مثل این یکی را در خود جای نداده است

Then I thought with a shudder of what old Castro had told Legrasse.

بعد با لرز به یاد حرف‌هایی افتادم که کاسروی پیر به لگراس گفته بود

The tale of the primal great ones, sunken under the sea.

داستان بزرگان نخستین، غرق در دریا

"They had come from the stars."

«آنها از ساره‌ها آمده بودند»

"They had brought their images with them."

«آنها تصاویرشان را با خود آورده بودند»

I was shaken with a mental revolution as I had never before known.

دچار یک انقلاب ذهنی شدم که با آن رمان هرگز تجربه نکرده بودم

I was now completely resolved to visit Mate Johansen in Oslo.

حالا کاملاً مصمم بودم که به دیدن مانه یوهانسن در اسلو بروم

Sailing for London, I re-embarked at once for the Norwegian capital.

با کشی به سمت لندن حرکت کردم و بلافاصله دوباره به سمت پایتخت نروژ سوار کشتی شدم

And one autumn day I landed at the wharves.

و یک روز پاییزی در اسکله‌ها پیاده سدم

***

Johansen's hometown was in the shadow of the Egeberg.

زادگاه یوهانس در سایه کوه اکبرک قرار داست

I discovered he lived in the Old Town of King Harold Haardrada.

فهمیدم که او در سهر قدیمی ساه هارولد هاردرادا زندگی می‌کرده است

For centuries the greater city had masqueraded as "Christiania".

قرن‌ها این سهر بزرگتر، نقاب «کریسسیانیا» را به چهره زده بود

King Harald Hardrada kept alive the name of Oslo.

ساه هارالد هاردرادا نام اسلو را زنده نکه داست

I made the brief trip to his residences by taxicab.

من با تاکسی سفر کوتاهی به محل اقامس داسم

A neat and ancient building with plastered front.

ساحمانی قدیمی و مرتب با نمای کچ‌کاری سده

And I knocked with palpitant heart at the door.

و با قلبی تپیده در زدم

A sad-faced woman in black answered my summons.

زنی سیاه‌پوس با چهره‌ای عمکین به احصار من پاسح داد

I was stung with disappointment at the sight.

با دیدن آن مطره، از ناامیدی لبریر سدم

She told me in halting English that Gustaf Johansen was no more.

او با انکلیسی بریده‌بریده به من کفت که کوساف یوهانس دیکر زنده نیست

He had not long survived his return, said his wife.

همسرس کفت که مدت زیادی از بازکسس نکدسته بود

The doings at sea in 1925 had broken him.

ماجراهای دریا در سال ۱۹۲۵ او را در هم سکسته بود

He had told her no more than he had told the public.

او چیزی بیستر از آنچه به عموم کفته بود، به او نکفته بود

But he had left a long manuscript of "technical matters".

اما او یک دستنوسه طولانی از «مسائل فنی» از حود به جا کذاسته بود

These notes of the voyage had been written in English.

این یادداستهای سفر به ربان انکلیسی نوسه سده بود

Evidently in order to safeguard her from the peril of casual perusal.

ظاهراً برای محافظت از او در برابر حطر مطالعهی سرسری

He had gone for a walk through a narrow lane near the Gothenburg dock.

او برای قدم ردن به کوچهای باریک نردیک اسکله کوتبرک رفته بود

A bundle of papers falling from an attic window had knocked him down.

دستهای کاعد از پنجرهی اتاق زیر سیروانی به پایین افتاد و او را نفس بر
زمین کرد

Two Lascar sailors at once helped him to his feet.

دو ملوان لاسکار فوراً به او کمک کردند تا روی پاهایس بایستد

But before the ambulance could reach him he was dead.

اما قبل از ایکه آمبولاس به او برسد، او مرده بود

The physicians found no adequate cause for his death.

پرسکان هیچ دلیل فایعکسدهای برای مرک او پیدا نکردند

They mostly attributed his death to heart trouble.

آنها بیستر علت مرک او را ناراحتی قلبی عنوان کردند

But they added his weakened constitution most likely contributed.

اما آنها اصافه کردند که به احتمال زیاد صعف قوای جسمانی او در این
امر نعس داسته است

I now felt a deep gnawing at my vitals.

حالا احساس می‌کردم که اعضای حیاتی‌ام به سدب در حال جویدن

هستد

A dark terror which will never leave me till I, too, am at rest.
وحسی تاریک که تا وقتی که من هم آرام نگیرم، رهایم نخواهد کرد

Whether my death will come "accidentally" or not I can't tell.
اینکه آیا مرگ من «تصادفی» فرا خواهد رسید یا نه، نمی‌توانم بگویم

I spoke to the widow about her husband's work.
من با بیوه خانم در مورد کار سوهرس صحبت کردم

And I persuaded her I had.a "technical" connection to him.
و من او را مساعد کردم که با او ارتباط "فی" دارم

So she felt I was sufficiently entitled to the manuscript.
بنابراین او احساس کرد که من به اندازه کافی حق دارم که نسحه حطی را

داسه باسم

And so I attained the dead man's writing.
و بدین تریب به نوسه‌ی مرد مرده دست یافتم

I began to read the documents on the boat to London.
من سروع به حواندن اساد در فایق به سمت لدن کردم

They were little more than simple, rambling notes.
آنها چیری بیس ار یادداست‌های ساده و پراکنده نبودند

A naive sailor's effort at a post-facto diary.
تلاس یک ملوان ساده‌لوح برای نوسس حاطراب پس ار وقوع حادنه

He strove to recall that last awful voyage day by day.
او هر رور نلاس می‌کرد آن سفر دریایی وحسناک آحر را به یاد بیاورد

I cannot attempt to transcribe his notes verbatim.
من نمی‌توانم سعی کنم یادداست‌های او را کلمه به کلمه روتویسی کنم

The manuscript is clouded with vagueness and redundance.
من دست‌نویس مملو ار ابهام و حسو اسب

But I will tell the gist of what he wrote.
اما حلاصه‌ی آنچه نوسه را برایان می‌گویم

Perhaps then you will understand why I stuffed my ears
with cotton.

ساید آبوقت بعضی چرا کَوس‌هایم را با پپبه پر کردم

The sound of the water against the vessel's sides became unendurable.
صدای برخورد آب به دیواره‌های کسی غیرقابل تحمل سده بود

***

Johansen, thank God, did not quite know what he had seen.
یوهانس، حدا را سکر، دفیقاً نمی‌داسب چه دیده اسب

But it is evident he had seen the city and the Thing.
اما واصح اسب که او سهر و آں چیر را دیده بود

I shall never sleep calmly again when I think of the horrors.
وفسی به آں وحسب‌ها فکر می‌کنم، دیکر هرکر حواب راحسی نحواهم داسب

The horrors that lurk ceaselessly behind life in time and space.
وحسب‌هایی که بی‌وقفه در پس رندکی، در رمان و مکاں، کمیں کرده‌اند

Those unhallowed blasphemies that come from elder stars.
آں کفرکوبی‌های نامقدس که ار جانب سارکاں برزک می‌آبد

Dreamers beneath the sea known only by a nightmare cult.
روبابیبانی که در ریر دریا، نها نوسط فرقه‌ای کابوس‌وار ساحنه می‌سود

A cult ready and eager to release these monsters into the world.
فرقه‌ای آماده و مساق برای آراد کردں این هیولاها در جهاں

Whenever another earthquake raises their monstrous stone city again.
هر رماں که رلرله دیکری سهر سکی هیولایی آنها را دوباره برپا کند

When Cthulhu is under the light of the sun once more.
وفسی که کنولو بار دیکر ریر نور حورسید فرار کیرد

Johansen's voyage had begun just as he told it to the vice-
admiralty.
سفر یوهانس درست همانطور که به معاون دریاسالار کَمه بود، آغار سده
بود

The Emma, in ballast, had cleared Auckland on February
20th.
کسی اِما، در حالب نعادل، در 20 فوریه ار آوکلد عبور کرد

The ship had felt the full force of that earthquake-born
tempest.
کسی نمام نیروی آں طوفان ناسی ار رلرله را حس کرده بود

The horrors from the sea-bottom that filled men's dreams.
وحسب‌هایی که ار اعماق دریا، رویاهای مردان را پر کرده بود

Once under control again the ship was making good
progress.
وقی دوباره کسرل اوصاع به دست آمد، کسی پیسرفب حوبی داسب

But then the ship..was held up by the Alert on March 22nd.
اما سپس کسی در ۲۲ مارس نوسط کسی آلرب نوفیف سد

I could feel the mate's regret as he wrote of her
bombardment and sinking.
می‌نوانسم پسیمانی رفیو را وقی که ار بمباران و عرو سدس
می‌نوسب، حس کم

Of the swarthy cult-fiends on the other boat he speaks with
horror.
او با وحس ار فرقه‌های سیطانی سیه چرده‌ی قایو دیکَر صحبت می‌کد

There was some peculiarly abominable quality about them.
یک ویرکی نفرب‌انکیر عجیب و عریب در مورد آنها وجود داسب

Something made their destruction seem almost a duty.
چیری باعب می‌سد نابودی آنها نعریباً یک وطیهه به نطر برسد

This point was brought up during the proceedings of the
court of inquiry.
این نکه در جریاں رسیدکی به پرونده در دادکاه نجدیدنطر مطرح سد

Johansen shows ingenuous wonder at the accusation of ruthlessness.

یوهانس ار ایهام بی‌رحمی، سکمَسِ ساده‌لوحانه‌ای سان می‌دهد

Curiosity is what drove the men on in their captured yacht.

کنجکاوی همان چیری بود که مردان را در فایق بمریحی بسحیر سده‌سان

به حرکب واداسب

Sticking out of the sea the men sighted a great stone pillar.

مردان ار دریا بیرون رده بودند و سون سکی بررکی را دیدند

In South Latitude 47° 9', West Longitude 126° 43' they come upon a coastline.

در عرص جعرافیایی جیوبی ۴۷ درجه و ۹ دقیفه و طول جعرافیایی عربی

۱۲۶ درجه و ۴۳ دفیمه، آبها به یک حط ساحلی می‌رسد

The coastline was of mingled mud, ooze, and weedy Cyclopean masonry.

حط ساحلی ار کَل و لای، لجن و سکَبراسی‌های علف‌آلود سیکلوپیس

بسکیل سده بود

Nothing less than the tangible substance of earth's supreme terror.

چیری کمبر ار جوهر ملموس وحسب عطیم رمین بیسب

They had come across the nightmare corpse-city of R'lyeh.

آبها با سهر کابوس‌وار اجساد ریلی مواجه سده بودند

A city built in measureless eons behind history.

سهری که در اعصار بی‌کران باریح ساحبه سده است

Monuments to vast loathsome shapes that seeped down from the dark stars.

بباهای یادبودی برای اسکال عطیم و بمرب‌انکیری که ار سارکان باریک به

پاییں براوس می‌کردند

There lay great Cthulhu and his hordes for incalculable cycles.

آبجا کوبولهوی بررکَ و لسکرس برای چرحه‌های بی‌حساب آرمیده بودند

Hidden in green slimy vaults, they sent out their thoughts.

آنها افکارشان را که در سردابه‌های سبز و لرج پنهان سده بودند، بیرون

می‌فرسادند

The thoughts that spread fear to the dreams of the sensitive.

افکاری که ترس را به رویاهای افراد حساس می‌افکند

The thoughts that called imperiously to the faithful.

اندیسه‌هایی که با لحنی آمرانه مومنان را فرا می‌خواند

"Come on a pilgrimage of liberation and restoration."

»به زیارتی برای رهایی و رستگاری بیایید«

All this horror Johansen had no way of suspecting.

یوهانس به هیچ وجه نمی‌توانست به این همه وحست مسکوک سود

But God knows he had soon seen enough!

اما حدا می‌داند که حیلی رود به اندازه کافی دیده بود!

I suppose what they saw was only a single mountain-top.

کمان می‌کنم چیزی که آنها دیدند فقط یک فله کوه بود

Soon the rest of the city emerged from the waters.

حیلی رود بعیه سهر ار آب بیرون آمد

The hideous monolith-crowned citadel where great Cthulhu was buried.

در محوف و یکپارچه‌ای که تاجی یکپارچه داست و کتولوی بررک در آن

دفی سده بود

I shudder to think of all that may be brooding down there.

ار فکر کردن به تمام چیزهایی که ممکن است آن پایین در حال سکل‌کیری

باسد، به حود می‌لررم

And I almost wish to kill myself to stop these thoughts.

و من تقریبا آررو می‌کنم حودم را بکسم تا این افکار را متوقف کنم

***

Johansen and his men were awed by the cosmic majesty.

یوهانس و افرادس ار عظمت کیهانی سکفـرده سده بودند

They beheld the sight of this dripping Babylon of elder demons.

آنها منظره‌ی این بابل خیس از سیاطین پیر را دیدند

They must have guessed without guidance what it was they saw.

آنها حتماً بدون راهنمایی حدس زده بودند که چه دیده‌اند

What they saw was nothing of this or of any sane planet.

چیزی که آنها دیدند هیچ ربطی به این سیاره یا هیچ سیاره سالم دیگری نداشت

The unbelievable size of the greenish stone blocks.

اندازه باورنکردنی بلوک‌های سنگی سبزرنگ

The dizzying height of the great carven monolith.

ارتفاع سرگیجه‌آور سنگ یکپارچه‌ی عظیم تراشیده شده

And then there was the bas-reliefs found on the captured ship.

و سپس نقش برجسته‌هایی که در کشتی تسخیر شده پیدا شدند

The colossal statues mirrored the scene on the carvings.

مجسمه‌های عظیم، صحنه را روی حکاکی‌ها منعکس می‌کردند

Johansen achieved something very close to futurism.

یوهانسن به چیزی بسیار نزدیک به آینده‌نگری دست یافت

Because he did not describe any definite structure or building.

زیرا او هیچ سازه یا ساختمان مشخصی را توصیف نکرده است

He dwelled on the broad impressions of vast angles and stone surfaces.

او بر روی تصورات گسترده‌ی زوایای وسیع و سطوح سنگی مکث کرد

Surfaces too great to belong to anything right or proper for this earth.

سطوحی بسیار بزرگ که نمی‌توانند به چیزی درست یا مناسب برای این زمین تعلق داشته باشند

Surfaces impious with horrible images and hieroglyphs.

سطوحی کفرآمیز با نصاویر و هیروکلیف‌های وحشناک

There is a reason I mention his talk about angles.
دلیلی وجود دارد که من به صحبت‌های او در مورد زاویه‌ها اساره می‌کنم

It reminds me of something Wilcox had told me of his awful dreams.
این من را یاد چیزی می‌اندازد که ویلکاکس از حواب‌های وحشناک برایم تعریف کرده بود

He had said that the geometry of the dream-place he saw was abnormal.
او گَفسه بود که هندسه مکانی که در حواب دیده، غیرطبیعی بوده است

Non-Euclidean spheres unlike anything here on earth.
کره‌های نااقلیدسی که با هیچ چیز دیگری روی زمین متفاوت‌اند

Loathsomely redolent dimensions completely unlike ours.
ابعادی با رایحه‌ای زننده و کاملا متفاوت از ابعاد ما

Now a seaman was describing the exact same thing.
حالا یک دریانورد دقیقاً همین را نوصیف می‌کرد

They bad both had the same terrible glimpse of this reality.
هر دوی آنها به طرز وحشناکی این واقعیب را درک کرده بودند

Johansen and his men landed at a sloping mud-bank.
یوهانس و افرادس در یک تپه گلی سیب‌دار پیاده سدند

And they looked up at this monstrous Acropolis.
و آنها به این آکروپولیس هیولایی نگاه کردند

They.clambered slippery up over titan oozy blocks.
آنها با سحتی و به سحتی از روی بلوک‌های لجن‌آلود غول‌پیکر بالا رفند

Blocks which could have been no mortal staircase.
بلوک‌هایی که نمی‌نوانستد پله‌های فانی باسد

The very sun of heaven seemed distorted in this mist.
حورسید آسمان در این مه، گویی کج و معوج سده بود

A polarizing miasma welling out from this sea-soaked perversion.
بوی سد و زننده‌ای از این انحراف غرق در دریا به بیرون می‌دمد

Twisted menace and suspense lurked in those elusive rocks.

تهدید و تعلیق پیچیده‌ای در آن صخره‌های گریزان کمین کرده بود

A second glance showed concavity where the first showed convexity.

نگاه دوم، جایی که نگاه اول تحدب را نشان می‌داد، تقعر را نشان داد

Something very like fright had come over all the explorers.

چیزی شبیه به ترس بر همه کاوشگران غلبه کرده بود

Each man would have fled had he not feared the scorn of the others.

اگر هر یک از آنها از تحقیر دیگران نمی‌ترسید، فرار می‌کرد

And it was only half-heartedly that they vainly searched.

و تنها با اکراه و بی‌میلی بود که بیهوده جستجو می‌کردند

They were looking for some portable souvenir to bear away.

آنها دنبال یک سوغاتی قابل حمل برای بردن بودند

It was Rodriguez, the Portuguese, who climbed up the foot of the monolith.

این رودریگز پرتغالی بود که از پای سنگ یکپارچه بالا رفت

From there he shouted of what he had found.

از آنجا او آنچه را که یافته بود فریاد زد

The rest followed him to the foot of the monolith.

بقیه او را تا پای سنگ بزرگ دنبال کردند

They looked curiously at the immense door in front of them.

آنها با کنجکاوی به در عظیم روبرویشان نگاه کردند

The now familiar squid-dragon was carved on the door.

اژدهای مرکب که حالا دیگر برایشان آشناست، روی در کنده‌کاری شده بود

It was, Johansen said, like a great barn-door.

یوهانسن گفت، مثل یک در بزرگ انبار بود

Although they said it only gave the impression of a door.

اگرچه آنها گفتند که فقط حس یک در را القا می‌کند

They could not decide if the door lay flat like a trap-door.

آنها نمی‌توانستند تصمیم بگیرند که آیا در مثل دریچه صاف است یا نه

Or maybe the opening was slanted like an outside cellar-door.

یا ساید دهانه مانند در بیرونی زیررمی، کج بود

As Wilcox would have said, the geometry of the place was all wrong.

همانطور که ویلکاکس کَمه بود، هدسه‌ی آن مکان کاملاً اسباه بود

One could not be sure that the sea and the ground were horizontal.

نمی سد مطمس بود که دریا و رمین افقی هسسد

Hence the relative position of everything else seemed phantasmally variable.

ار این رو، موقعیب سسبی هر چیر دیگری به طرر وهم‌آلودی مبعیر به نطر می‌رسید

Briden pushed at the stone in several places, without result.

برایدں چدیں بار سک را هل داد، اما سیجه‌ای نداسب

Then Donovan felt delicately over around the edge of the door.

سپس دوبواں با طرافب لبه‌ی در را لمس کرد

He climbed interminably along the grotesque stone molding..

او بی‌وقفه در امداد قالب‌های سکَی عجیب و عریب بالا می‌رفت

Although, if you could really call it climbing is debatable.

اکرچه، ایبکه واقعاً ببواں آں را کوهوردی نامید، جای بحب دارد

Perhaps the door was more horizontal than vertical.

ساید در بیسر افمی بود با عمودی

And the men wondered how any door in the universe could be so vast.

و مردان ار حود پرسیدبد که چطور ممکن اسب دری در کیهان ایبعدر وسبع باسد

Then, very softly and slowly, something began to happen.

سپس، حیلی آرام و آهسه، چیری سروع به ابفاق افبادں کرد

The acre-great panel began to give inward at the top.

صفحه بزرگ به مصاحب یک هکتار از بالا سروع به فروریحس به سمت

داحل کرد

And they saw that the door had balanced itself.

و دیدند که در حودس را مسعادل کرده است

***

Donovan somehow propelled himself back along the jamb.

دونوان به نحوی حودس را در امسداد چارچوب به عقب هل داد

And everyone watched the queer recession of the
monstrously carven portal.

و همه ساهد فروکس کردن عجیب دروارهی عطیم‌الجسه بودند

In this fantasy of prismatic distortion it moved anomalously
in a diagonal way.

در این حیال‌پرداری اعوجاج مسوری، به طور عیرعادی و مورب حرکت

می‌کرد

All the rules of matter and perspective seemed confused.

نمام فوایین ماده و پرسپکیو به هم ریحته به نطر می‌رسید

The aperture was black with a darkness almost material.

روربه سیاه بود و ناریکی نعریبا محسوسی داست

That tenebrousness was indeed a positive quality.

آن نیرکی و ابهام واقعا یک ویرکی مسب بود

The men were spared from seeing the inner walls.

مردان از دیدن دیوارهای داحلی معاف بودند

The darkness burst forth like smoke from its eon-long
imprisonment.

ناریکی مانند دود از حبس طولانی حود بیرون رد

The sun was visibly darkened by flapping membranous
wings.

حورسید به وصوح در اثر بال ردن‌های عسایی نیره سده بود

And the shadow slunk away into the shrunken and gibbous
sky.

و سایه در آسمان کوچک و محدب پنهان سد

The odor arising from the newly opened depths was
intolerable.

بویی که از اعماق تازه باز سده برمی‌خاست، غیرقابل تحمل بود

The quick-eared Hawkins thought he heard a nasty,
slopping sound.

هاوکینز تیزبین فکر کرد صدای ناهنجار و ناموزونی سیده است

His ears were confirmed when It lumbered slobberingly into
sight.

و آب دهان مانده‌ای وارد میدان دیدس سد، گوس‌هایس ار اسباه خود
مطمن سدند

Its gelatinous green immensity groped through the black
hall.

عظمت سبز ژلاتینی‌اس در تالار سیاه به چسم می‌خورد

And Its ooze and smell squeezed through the angled door.

و بوی کند و لجس ار لای در زاویه‌دار به داخل می‌پیچید

The Thing went into the tainted air of that poison city of
madness.

آن چیر به هوای آلوده‌ی آن سهر سمی جون رفت

Poor Johansen's handwriting almost gave out when he wrote
of this.

دست‌خط یوهانس بیچاره موقع نوسس این مطلب تقریباً از بین رفت

He thinks two men perished of pure fright in that accursed
instant.

او فکر می‌کند دو مرد در آن لحظه‌ی نفرین‌سده ار ترس محض جان
باختند

The Thing cannot be described with our language.

آن چیر را نمی‌توان با زبان ما توصیف کرد

There are no words for such abysms of shrieking and
immemorial lunacy.

هیچ کلمه‌ای برای توصیف چنین ورطه‌ی فریاد و جنون دیریبه‌ای وجود ندارد

Eldritch contradictions of all matter, force, and cosmic order.
تناقصات الدریچ در مورد تمام ماده، نیرو و نظم کیهانی

A mountain that walked and stumbled on the earth. God!
کوهی که روی زمین راه می‌رفت و تلو تلو می‌خورد خدایا!

No wonder that across the earth a great architect went mad.
جای تعجب نیست که در آن سوی زمین، یک معمار بزرگ دیوانه شد

No wonder poor Wilcox raved with fever in that telepathic instant.
جای تعجب نیست که ویلکاکس بیچاره در آن لحظه‌ی تله‌پاتی از شدت تب هذیان گفت

The green, sticky spawn of the stars, was walking the earth.
تخم سبز و چسبناک ستارگان، روی زمین راه می‌رفت

The Thing of the idols had awaked to claim his own.
موجود بت‌ها بیدار شده بود تا بت‌های خودش را مطالبه کند

The stars..were aligned again, as was predicted.
همان‌طور که پیش‌بینی شده بود، ستاره‌ها دوباره در یک راستا قرار گرفتند

An age-old cult had failed in their duties.
یک فرقه‌ی قدیمی در انجام وظایف خود شکست خورده بود

And a band of innocent sailors fulfilled their role by accident.
و گروهی از ملوانان بی‌گناه نفس خود را به‌طور تصادفی ایفا کردند

After vigintillions of years great Cthulhu was loose again.
پس از میلیاردها سال، کیوتولهوی بزرگ دوباره آزاد شد

And now great Cthulhu was ravening for delight.
و اکنون کیوتولهوی بزرگ از لذت سیراب می‌شد

Three men were swept up by the flabby claws before anybody turned.
قبل از اینکه کسی برگردد، سه مرد توسط چنگال‌های شل و ولشان گیر افتادند

God rest them, if there be any rest in the universe.

اگر در جهان آرامسی هست، خدا آنها را آرامس دهد

Let it be known that their names were Donovan, Guerrera and Angstrom.

بگذارید همه بدانند که نام‌های آنها داناوان، کورّا و آنکسروم بود

Parker slipped as he was trying to make his escape.

پارکر هنکام بلاس برای فرار، پایس لیر خورد

The other three were plunging frenziedly back to the boat.

سه نفر دیکر دیوانه‌وار به سمت قایق سیرجه می‌رفسد

They ran over endless vistas of green-crusted rock.

آنها ار فرار ماطر بی‌پایان سنک‌های سبررنک عبور کردند

Johansen swears he was swallowed up by an angle of masonry.

یوهانس قسم می‌خورد که نوسط راویه‌ای ار مصالح ساحمانی بلعیده سده است

An angle which shouldn't have been there.

راویه‌ای که نباید آنجا می‌بود

An angle which was acute, but behaved as if it were obtuse.

راویه‌ای که حاده بود، اما طوری رفمار می‌کرد که انکار منفرجه است

Only Briden and Johansen made it back to the boat.

فقط برایدن و یوهانس به قایق برکسسد

The two men had a moment of good fortune.

آن دو مرد لحظه‌ای حوس‌سانس بودند

The mountainous monstrosity flopped down on the slimy stones.

هیولای کوهسانی روی سنک‌های لرج فرود آمد

And the beast hesitated floundering at the edge of the water.

و جانور در لبه آب دست و پا می‌رد و نردید داست

The steam boat had not entirely run out of hot coals.

رعال‌های داغ قایق بحار هنور کاملا نمام سده بود

Despite the departure of all men for the shore.

با وجود عزیمت همه مردان به ساحل

Feverishly the two men rushed up and down between wheels.

دو مرد با تب و تاب بین چرخ‌ها بالا و پایین می‌دویدند

It was the work of only a few moments to get the engine going.

روس کردن موتور فقط چند لحظه طول کشید

Amidst the distorted horrors of that indescribable scene.

در میان وحشت‌های مسخ‌شده‌ی آن صحنه‌ی وصف‌ناپذیر

Slowly their boat began to churn the lethal waters beneath her.

قایقشان به آرامی سروع به تلاطم آب‌های مرگبار زیر پایش کرد

And they moved along the masonry of that charnel shore.

و آنها در امتداد سنگفرس‌های ساحل گورستان حرکت کردند

That strange coastline that was not from this world.

آن خط ساحلی عجیب که از این دنیا نبود

***

The titan Thing from the stars slavered and gibbered.

موجود غول‌پیکر اهل ستارگان، با او حرف می‌زرد و یاوه‌گویی می‌کرد

Like Polypheme cursing the fleeing ship of Odysseus.

مانند پلیفم که کسی در حال فرار اودیسه را نفرین می‌کند

Then great Cthulhu slid greasily into the water.

سپس کتولهوی بزرگ به آرامی به درون آب سر خورد

Bolder and more daring than the storied Cyclops.

جسورتر و بی‌باک‌تر از سیکلوپ‌های افسانه‌ای

Cthulhu pursued them through the water with cosmic movement.

کتولو با حرکت کیهانی آنها را در آب دنبال کرد

Briden looked back from the ship and started laughing shrilly.

برایدن ار کسی به عقب نگاه کرد و سروع به حدیدن بلند کرد

From that moment Briden continued laughing at odd intervals.

ار آن لحظه به بعد، برایدن کَهکاه به حدیدن ادامه داد

But Johansen had not given up yet.

اما یوهانس هنور تسلیم سده بود

He knew his ship had no chance of outpacing the thing.

او می‌دانست که کسی‌اس هیچ سانسی برای پیسی کرفس ار آن چیر ندارد

So he resolved on taking a desperate chance.

بنابرایں او تصمیم کرفت ریسک ناامیدکسده‌ای را بپدیرد

He loaded the furnace and set the engine for full speed.

او کوره را پر ار سوحب کرد و موتور را روی سرعب کامل تطیم کرد

And then he ran lightning-like on deck and reversed the wheel.

و سپس مثل برق روی عرسه دوید و فرمان را برعکس کرد

There was a mighty eddying and foaming in the noisome brine.

در آن آب نمک بدبو، کَرداب و کف سدیدی به پا سد

The steam mounted higher and higher into the sky.

بحار بالا و بالاتر به آسمان می‌رفت

And the brave Norwegian reversed the course of the chase.

و نروری سجاع مسیر تعمیب را معکوس کرد

Before him rose the unclean froth like the stern of a demon galleon.

در برابرس کفی ناپاک، همچون عقب کسی بادبانی اهریمنی، برحاست

He drove his vessel head on against the pursuing jelly.

او قایمس را رو در رو به رله‌ی تعمیب‌کسده راند

The awful squid-head came nearly up to the yacht's bowsprit.

سر وحس‌ناک ماهی مرکب تقریباً به دماغه قایق رسید

But Johansen drove on relentlessly against the writhing feelers.

اما یوهانس بی‌وقفه به راندگیِ خود در خلاف جهتِ حرکتِ چرخ‌های ماسین ادامه داد

There was a bursting as of an exploding bladder.

صدایی شبیه به ترکیدن مثانه آمد

There was a slushy nastiness as of a cloven sunfish.

بویی گِل‌آلود و رنده، همچون بوی خورسیدماهی شکافته، به مشام می‌رسید

There was a stench as of a thousand opened graves.

بوی نعش هزاران قبر باز شده به مشام می‌رسید

And there was a sound the chronicler did not put on paper.

و صدایی بود که وقایع‌نگار روی کاغذ نیاورده بود

For an instant the ship was befouled by an acrid cloud.

برای لحظه‌ای کسی با ابری تند و رنده آلوده شد

The green cloud blinded Johansen and the mad man.

ابر سبز، یوهانس و مرد دیوانه را کور کرد

And then there was only a venomous seething astern.

و سپس تنها چیزی که به گوش می‌رسید، حروسی زهرآکین در عقب کسی بود

But God in heaven! What the two men saw next;

اما خدا در آسمان! چیزی که آن دو مرد بعداً دیدند؛

The scattered plasticity of that nameless sky-spawn.

انعطاف‌پذیری پراکنده‌ی آن نحم آسمانیِ بی‌نام

The injured thing was nebulously recombining.

آن چیز آسیب‌دیده به طرز مبهمی داشت دوباره ترکیب می‌سد

Soon Cthulhu would be back in its hateful original form.

حیلی زود کاتولو به سکل نفرت‌انگیر اولیه‌اس برمی‌کست

But their distance was widening with every second.

اما هر لحظه فاصله‌سان بیسر می‌سد

The ship was gaining impetus from its mounting steam.
کسی با بحار فرایده‌اس، نیروی محرکه می‌کرف

And eventually the cursed city was over the horizon.
و سرانجام سهر نفرین سده در افق ناپدید سد

***

He did not try to navigate after their lucky escape.
او بعد ار فرار حوس‌سانسسان سعی نکرد جهت‌یابی کد

His reaction had taken something out of his soul.
واکس او چیری را ار روحس بیرون کسیده بود

He spent his time brooding over the idol in the cabin.
او وقس را صرف فکر کردن به بت درون کلبه کرد

He looked after the laughing maniac in the boat.
او در فایق مراقب دیوانه‌ی حدان بود

And he attended to a few matters such as food.
و او به چند موصوع ماند عدا رسیدکی می‌کرد

Then came the storm of April 2nd.
سپس طوفان دوم آوریل ار راه رسید

On that day clouds gathered over his consciousness.
در آن رور ابرها بر هوسیاری او سایه افکدند

There is a sense of pure and refined delirium.
حسی ار هدیان حالص و پالایس‌یافه وجود دارد

Spectral whirling through liquid gulfs of infinity.
چرحس سبحوار در میان حلیج‌های مابع بی‌هایب

Dizzying rides through reeling universes on a comet's tail.
سواری‌های سرکیجه‌آور در میان جهان‌های چرحان بر روی دم یک دباله‌دار

Hysterical plunges from the pit to the moon.

سیرجه‌های هیستریک از کودال به ماه

And he plunged back again from the moon to the pit.
و دوباره از ماه به کودال سیرجه رد

A cachinnating chorus of the distorted, hilarious elder gods.
یک همخوانی دلنشین از خدایان کهن تحریف‌شده و حده‌دار

And the green bat-winged mocking imps of Tartarus.
و دیوهای مسخره کننده‌ی بال حقاسی سبز تارتاروس

Out of that dream came rescue; the ship Vigilant.
از آن رویا نجات آمد؛ کسی ویریلنت.

The vice-admiralty court and the streets of Dunedin.
دادگاه معاون دریاسالاری و حیابان‌های دوندین

The long voyage back home.to the old house by the Egeberg.
سفر طولانی بارکست به حانه، به حانه قدیمی کنار اکبرگ

He could not tell anyone of what he had seen.
او نمی‌نوانست آنچه را که دیده بود به کسی بگوید

Had he told the truth they would have thought he had gone mad.
اکر حقیقت را می‌کفت، فکر می‌کردند دیوانه سده است

So he secretly wrote of what he knew before death came.
بنابراین او محفیانه آنچه را که قبل از مرک می‌دانست، نوست

"Death would be a boon if only it could blot out the memories."
«مرک موهبی بود اکر می‌نوانست حاطرات را محو کند»

That was the document Johansen left behind.
این سندی بود که یوهانسن از حود به جا کداسته بود

And now I have placed this document in the tin box.
و حالا این سند را در جعبه حلبی کداسه‌ام

In the box is also.the dream carved bas-relief.
در جعبه، نقس برجسته‌ی حکاکی سده‌ی رویایی نیر قرار دارد

And I have included the papers of Professor Angell.
و مقالات پروفسور آنجل را هم آورده‌ام

With this box shall go this record of mine.

این صفحه‌ی گرامافون من هم همراه این جعبه خواهد بود

These notes have become a test of my own sanity.

این یادداشت‌ها تبدیل به آزمونی برای سجس سلامت عقل من سده‌اند

But I hope my discoveries are never be pieced together
again.

اما امیدوارم کسفیاب من دیکر هرکز کنار هم قرار نکَیرند

I have looked upon all that the universe has to hold of
horror.

من به تمام آنچه که جهان از وحست در حود جای داده است، نکریسه‌ام

But now even the skies of spring are darkness to me.

اما حالا حتی آسمان بهار هم برای من تاریک است

Even the flowers of summer are forever poison to me.

حتی کل‌های تابستانی هم برای من همیسه برای من زهرآکین هستد

But I do not think my life will be long.

اما فکر نمی‌کنم عمرم طولانی باسد

As my uncle went, so shall my end come.

همانطور که عمویم رفت، پایان من نیر فرا حواهد رسید

As poor Johansen went, so shall my time come.

همانطور که یوهانس بیچاره رفت، نوبت من هم حواهد رسید

I know too much, and the cult still lives.

من حیلی زیاد می‌دانم، و این فرقه هنوز زنده است

Cthulhu still lives, too, I can only suppose.

فقط می‌توانم حدس برنم که کانولو هنوز زنده است

I assume Cthulhu is again in that chasm of stone.

من حدس می‌زنم که کانولو دوباره در آن سکاف سنکی است

The city which has shielded him since the sun was young.

سهری که از جوانی حورسید، او را در پناه حود داسته است

I know his accursed city is sunken once more.

می‌دانم که سهر نفرین‌سده‌اس بار دیکر عرو سده است

The crew of the Vigilant sailed over the spot after the April
storm.

خدمه کشی ویجیلانت پس از طوفان آوریل از روی آن نقطه عبور کردند

But his ministers on earth still worship his return.

اما خادمان او بر روی زمین هنوز بازگشت او را ستایش می‌کنند

In lonely places they congregate around their idol.

در مکان‌های خلوت، آنها دور بت خود جمع می‌شوند

And they bellow and prance and slay in satanic ritual.

و آنها در آیینی سیطانی نعره می‌زنند، رجز می‌خوانند و می‌کشند

He must have been trapped by the sinking of his black
abyss.

او حتماً در دام فرو رفتن معاک سیاهس گرفتار شده بود

Or else the world would by now be screaming with fright
and frenzy.

وگرنه دنیا تا الان از ترس و جنون فریاد می‌زد

Who knows how the end will come about?

چه کسی می‌داند که پایان چگونه رقم خواهد خورد؟

What has risen may sink, and what has sunk may rise.

آنچه بالا رفته است، ممکن است فرو برود، و آنچه فرو رفته است، ممکن
است برخیزد

Loathsomeness waits and dreams in the deep.

نفرت در اعماق انتظار می‌کشد و رویا می‌بیند

And decay spreads over the tottering cities of men.

و زوال بر سهرهای متزلزل انسان‌ها گسترده می‌شود

A time will come where that city rises out the sea again.

زمانی فرا خواهد رسید که آن سهر دوباره از دریا سر بر خواهد آورد

But I must not think about when that day will come!

اما نباید به این فکر کنم که آن روز کی فرا می‌رسد!

I have one prayer if this manuscript outlives me.

اگر این نسحه خطی بیستر از من عمر کند، یک دعا دارم

I pray my executors put caution before audacity.

اگر مجریان قانون حواسم می‌کم احیاط را بر جسارت ترجیح دهد

I pray this manuscript meets no other eyes.
دعا می‌کم این دست‌نوسه به چسم هیچ‌کس دیگری نیاید

***

Found among the papers of the late Francis Wayland
Thurston, of Boston.
در میان اوراق مرحوم فراسیس ویلد تورسون، اهل بوسون، پیدا سد